NORSE MYTHOLOGY

북유럽 신화

신들의 모험, 사랑 그리고 전쟁

글_ 이수현

소설가이자 번역가로 인류학을 공부했다. 《이웃집 슈퍼히어로》, 《근방에 히어로가 너무 많사오니》 등의 단편집에 참여했으며 2020년에 나올 장편을 쓰는 중이다. 판타지와 SF를 주로 번역, 어슐러 르 귄의 《로캐넌의 세계》 등의 '헤인' 시리즈, 릭 라이어던의 '퍼시 잭슨과 올림포스의 신' 시리즈, 닐 게이먼의 '샌드맨' 시리즈 등 100여 권을 옮겼으며 최근에는 '얼음과 불의 노래' 시리즈 재번역을 맡고 있다.

그림_ 정인

뉴욕과 서울을 오가며 다양한 분야의 이야기들을 그리고 있다. WIA 2019 책 부문에서 '마리 앙투아네트'로 Highly Commended에 올랐으며, 전작으로는 《Food Is Love》가 있다.
jenyoonart.com

NORSE MYTHOLOGY

북유럽 신화

신들의 모험, 사랑 그리고 전쟁

글 이수현 ┃ 그림 정인

 지학사아르볼

 **차례**

 # 신들의 탐욕

 # 신들의 모험

✦

어려서부터 신화를 좋아했습니다. 환상 문학도 어려서부터 좋아했습니다. 그러다 보니 어느새 판타지 소설을 쓰고 번역하는 일이 본업이 된 데다, 번역을 할 때도 신화를 다루는 작품들을 선호하게 되더군요.

이전까지 구현하지 못하던 상상을 영상으로 구현할 수 있게 되면서 판타지의 인기는 갈수록 커져 갑니다. 그래서인지 현대 판타지에 지대한 영향을 미친 북유럽 신화에 대한 관심도 커지는 것 같습니다. 최근에 기여한 작품이라면 역시, 전 세계에서 크게 흥행한 마블 시리즈의 토르와 로키겠죠.

이 슈퍼히어로 토르 캐릭터를 무척 좋아하는 친구가 있는데, "응? 토르와 로키가 원래 형제가 아니에요?"라고 말하는 바람에 놀란 기억이 있습니다. 저는 무슨 소리냐고 펄쩍 뛰었습니다. 하지만 어느 순간 이런 생각을 하게 되더군요. 마블 영화 때문에 토르와 로키가 형제라고 생각하는 사람이 많다면, 그건 그것대로 현대에 새로 추가된 한 판본이 될 수 있겠다고요.

북유럽 신화에 대한 글을 쓸 기회가 왔을 때, 그 일이 먼저 떠올랐습니다.

이야기책이 아닌 신화학을 처음 만났을 때 제가 배웠던 많은 이야기가 실은 하나가 아니라는 점에 가장 놀라고 흥미로웠던 기억이 납니다. 예를 들어 모두가 알고 있다고 생각하는 단군 신화만 해도, 교과서에 실린 삼국유사 본과는 다른 판본이 몇 가지 존재하더군요. 대체로 큰 줄기는 다르지 않지만, 호랑이가 아예 나오지 않는 판본도 있습니다.

아, 이 책에서 그런 여러 판본들을 비교하고 분석한다는 말은 아닙니다. 그렇다고 마블 시리즈처럼 아예 재창조했다는 말도 아니고요. 다만 작가로서 해석과 선택에 있어서 조금은 자유롭게 신화를 정리했다는 점을 말씀드리려 합니다. 북유럽 신화의 경우는 남아 있는 원전이 많지 않은 편이라 아쉬운 마음에 상상의 나래를 펴 보기도 했고요. 본문에도 설명이 나오겠지만, 예를 들어 북유럽 신화 속 아홉 세계가 정확히 어디를 말하느냐에 대한 여러 설 중에서 제가 채택한 것은 다수설이 아니라 소수설입니다. 오딘과 미미르의 관계도 현대의 시각으로 새로이 생각해 보았고, 라그나뢰크의 풍경도 몇 가지 비주류 가설을 채택하여 각색했습니다.

북유럽 신화를 다른 곳에서 접해 본 분들은 '어, 이건 왜 다르지?' 하실 수도 있을 거예요. 이미 다른 경로로 북유럽 신화를 접하셨다면 무엇이 다른지 봐 주시고, 이 책으로 처음 접하고 재미를 느끼셨다면 여기서부터 가지를 뻗어 나가 보시면 어떨까 합니다.

북유럽 신화의 가장 중요한 원전이라 할 수 있는《운문 에다》와《산문 에다》의 영어 번역본 몇 종류와 카를 짐로크가 쓴《에다》의 한글 완역본을 토대로 삼았고, 루돌프 지메크의《북유럽 신화 사전》도 많이 참고했습니다. 이외에 바이킹과 스칸디나비아 지방에 대한 자료나, 중세 독일에서 나온 것으로 보이는 이야기 조각들도 골라 넣었고요.

무엇보다 우선은 그저 재미있게 봐 주시면 좋겠습니다.

이수현

NORSE MYTHOLOGY

I

신들의 탐욕

오딘과 미미르

어느 날, 오딘이 생명나무 이그드라실을 찾았다.

언제나 푸르른 나무 이그드라실은 그 가지 끝을 하늘까지 뻗어 올리고, 세 갈래의 뿌리를 온 우주에 뻗고 있었다. 그중 한 뿌리는 인간이 사는 미드가르드와 신들이 사는 아스가르드에 뻗었으며, 또 한 뿌리는 거인들이 사는 요툰헤임에 뻗어 있었고, 마지막 뿌리는 얼음의 세계 니플헤임과 죽음의 나라 헬을 아울렀다. 그리고 이 세 갈래 뿌리 밑에는 각기 다른 세 개의 샘이 숨어 있었다. 모두 이그드라실에 맺힌 이슬이 흘러 떨어져서 만들어진 샘이라, 우주의 신비를 품고 있었다. 오딘이 찾은 곳은 그 뿌리 밑 샘이었다.

신 중의 신 오딘이 이그드라실의 뿌리 밑 샘을 찾았다는 말을 누가 듣는다면, 바로 생각할 수 있는 곳은 아스가르드와 연결된 샘, 우르드의 샘일 것이다. 운명의 샘이라고도 불리는 그곳은 운명의 세 여신이 있는 곳일 뿐 아니라, 아스가르드 신들이 중요한 회의를 여는 장소와도 가까웠으니 말이다. 그 누군가는 오딘이 과거와 현재와 미래의 여신들에게 물어볼 중요한 질문이 있는 것일까 생각하겠지.

생명나무의 뿌리를 갉으며 살아가는 드래곤과 뱀들을 피하면서 얽힌 뿌리를 헤치고 나아가는 오딘의 모습은 평소와 같지 않았다. 낡은 회색 망토를 걸치고 챙이 넓은 회색 모자를 쓴 데다, 허리를 구부정하게 굽히고 회색 수염을 늘어뜨려 초라한 노인처럼 보였다.

위대한 신이 그렇게 원래 모습을 숨기고 초라한 노인으로 변장하여 찾아간 곳은, 우르드의 샘이 아니라 세 개의 샘 중에서도 거인의 땅 요툰헤임에 뻗은 뿌리 밑 샘이었다. 겨우 찾아낸 샘은 고요했으나, 아무도 없지는 않았다. 이 샘을 지키는 파수꾼인 미미르가 눈을 들어 노인을 바라보았다.

"오랜만이네, 오딘."

오딘은 거리낌 없이 미미르 곁에 앉았다.

"그래, 오랜만에 미미르의 샘을 찾은 까닭이 무엇인가?"

"내 하나뿐인 벗을 만나러 오는데 다른 이유가 필요할까. 그동안 잘 있었나?"

"나에게 무슨 일이 있을 수 있겠나."

미미르는 메마른 목소리로 대답했다. 맞는 말이었다. 이 샘을 지키고 있는 미미르는 손도 발도 없이 머리만 있었으니 말이다. 오딘은 한참이나 말이 없다가 손을 내밀어 샘물을 한 모금 떠 마셨다. 미미르가 그 모습을 곁눈질했다.

"또 뭘 더 알려고 오셨나? 이제는 샘물을 더 마신다 해도 오딘이 더 알 것은 없고, 더 알 수 있는 것도 없는데."

"그렇겠지. 내가 알 수 있는 것은 모두 알았고, 알 수 없는 것은 어떤 도움이 있다 해도 더 알 수 없으니까."

"예전에 말했듯이, 너무 많이 아는 것은 해로운 일이라네."

"그래. 그 말도 맞아. 하지만 차라리 아예 모른다면 모를까, 많이 알면서 전부를 알 수 없는 것은 괴롭군."

오딘은 허허롭게 중얼거리고 나서 샘물을 바라보았다.

"처음 이 샘을 찾은 후 많은 일이 있었지."

미미르의 머리와 오딘은 말없이 샘가에 나란히 앉아서, 잠시 옛일을 떠올렸다.

오래전에도 비슷한 순간이 있었다. 오딘이 같은 길을 헤치고 드래곤과 뱀들을 피하여 이 샘을 처음 찾았을 때의 일이다.

아직 젊은 시절이라 훤칠하고 잘생겼던 오딘이었건만 그때도 그는 낡은 회색 망토를 걸치고 회색 모자를 쓴 데다, 허리를 구부정하게 굽히고 회색 수염을 늘어뜨려 초라한 노인처럼 보였다. 이는 오딘이 즐겨 쓴 변장이었다. 오딘이 도착하자, 샘가에 있던 거인이 고개를 들더니 바로 알겠다는 듯이 인사했다.

"오딘이여, 미미르의 샘에 온 것을 환영하오."

당시 미미르는 멀쩡한 몸이었고, 세상에서 가장 아는 게 많다고 알려져 있었다. 그러나 세상에서 가장 현명하다고 하는 미미르 앞에서라 해도 오딘이 겸손해질 수는 없었다. 오딘은 짐짓 태연하게 몸을 바로 하고 모자를 벗으며 오만하게 말했다.

"변장이 소용없을 줄은 알았지만, 나를 아는가?"

"알지. 아스가르드의 신들 중에서 으뜸가는 신이요, 최초의 살해자가 아니시오."

아무것도 없는 텅 빈 공간 긴눙가가프에서 태초의 거인 이미르가 태어나 태초의 암소 아우둠라의 젖을 먹고 살았다. 아우둠라가 핥아 먹던 소금기 어린 돌에서 최초의 신인 부리가 태어났으니, 부리가 홀로 낳은 자식이 이미르가 홀로 낳은 자손들과 짝을 지어 태어난 것이 오딘과 그 형제들이었다. 그리고 오딘과 형제들은 태초의 거인 이미르를 죽여 세상을 빚어냈다.

오딘과 함께 이미르를 죽인 형제들 외에는 그 사실을 아는 자가 남아 있지 않건만, 미미르는 당연하다는 듯이 그 일을 입에 담았다.

"과연. 미미르, 그대가 세상에서 가장 현명한 존재라지. 세상 만물에 대해 모르는 것이 없다고. 그리고 그것은 이 샘물 때문이라 들었다."

미미르는 고개를 끄덕였다.

"나도 이 샘물을 마셔야겠다."

미미르는 고개를 저었다.

"아무나 마실 수 있는 샘물이 아니오."

"나는 아무나가 아니다. 아스가르드의 최고신이며, 네 말대로 최초의 살해자, 전쟁의 신이지. 내가 이 자리에서 그대를 죽이고 샘물을 마신다면 어쩔 텐가?"

오딘이 당장이라도 죽일 듯 험악하게 말하는데도 미미르는 웃기만 했다. 오딘은 의아해하며 물었다.

"내가 두렵지 않은가?"

"설마. 오딘을 두려워하지 않는다면 내가 지혜로운 미미르가 아니라 어리석은 미미르겠지. 하지만 이 샘물을 마시겠다고 나를 죽이지는 않으리라 믿소."

"어째서?"

"이 샘물을 마시러 왔다는 것은 지혜를 갈구한다는 뜻. 지혜가 중요하다는 사실을 알고 간절히 구하는 자는 이미 지혜로운 법이오. 그렇다면 힘으로 지혜를 얻을 수 없다는 것 정도는 알 수밖에 없지."

미미르는 그렇게 오딘을 추켜세우고 뒤이어 씩 웃으며 덧붙였다.

"게다가 세상 모든 것에는 대가가 따르는 법이니, 나를 죽이고 샘물을 빼앗는다면 당신이 얻게 될 지혜가 오염될지 누가 알겠소? 오딘은 그런 위험을 감수할 수 없을 것이오."

이렇게 솔직한 듯 교묘하고, 교활한 듯 담백한 말을 듣자 당장이라도 칼을 뽑을 듯했던 오딘도 웃고 말았다. 오딘은 시원스럽게 말했다.

"그 말이 맞다. 지혜를 찾아와서 함부로 죽일 수야 없지. 세상 모든 것에는 대가가 따른다고 했지. 그렇다면 이 샘물을 마시기 위한 대가는 무엇이냐?"

이 질문에는 미미르도 바로 대답하지 못했다. 현명한 미미르의 눈에 고민하는 빛이 어렸다.

"음…… 오딘의 한쪽 눈 정도는 치러야 할 것이오."

이 말에는 오딘도 놀라고 말았다. 기껏해야 금은보화 아니면 구하기 힘든 드워프의 보물 정도를 생각하고 있었기 때문이다. 이 샘물에 과연 한쪽 눈을 값으로 치르면서까지 마실 가치가 있을까.

"내 눈으로 무엇을 하려고?"

오딘이 묻자 미미르는 고개를 저었다.

"나에게 치르는 대가가 아니오. 나는 이 샘의 주인이 아니라 파수꾼일 뿐. 대가는 이 샘에 치러야 하는 것이라오."

이 대답을 들은 오딘은 한층 더 진지한 고민에 빠졌다.

미미르는 오딘이 어떤 결론을 내릴지 흥미롭게 지켜보았다. 겉보기에는 그렇게 보이지 않을지 모르지만, 미미르는 이 젊고 패기에 찬 신이 마음에 들었다. 하지만 과연 한쪽 눈을 대가로 치를까.

생각에 잠겨 있던 오딘이 움직였다. 그는 결단을 내리자마자 주저 없이 행동에 옮겼다. 바로 자기 손으로 눈을 뽑아 던진 것이다.

오딘의 눈은 투명한 샘물 속에 가라앉아서도 빛을 냈다.

"이제 됐지?"

오딘은 미미르의 답을 듣지도 않고 바로 두 손으로 샘물을 퍼 올려 마셨다. 한 모금, 두 모금, 세 모금. 갈증이 사라질 때까지.

놀라서 할 말을 잊었던 미미르는 뒤늦게 눈알을 뽑아 생긴 오딘의 상처를 치료하며 탄식했다.

"과연 오딘은 오딘이군."

"칭찬으로 들리지 않는군. 무엇을 안타까워하는 건가? 그대가 세상에서 가장 현명한 존재가 아니게 된 것이 안타깝나?"

오딘은 한쪽 눈을 뽑고 피를 흘리면서도 의기양양했다. 미미르는 조용히 웃었다.

"그럴 리가 있겠소. 분명히 이 샘물을 마시면 아는 것이 많아지기는 하지만, 그대가 원하는 지혜란 과연 무엇인가를 생각하니 안타깝구려. 통찰과 결단에는 단순한 시야도 필요한 법. 샘물이 눈 하나를 요구한 것은 필시 그대에게 필요한 지혜는 통찰력이라는 뜻이었을 것이오. 그러나 통찰이 뛰어나다는 것이 곧 세상에서 가장 현명하다는 뜻은 아니라오. 앎에는 끝이 없고, 지혜에는 여러 종류가 있으니."

오딘은 그 말뜻을 바로 이해하지 못했다. 그리고 당시의 오딘은 그 말에 대해 깊이 생각하지도 않았다. 막 얻은 방대한 지식에 뿌듯할 뿐이었다.

무기가 손에 들어오면 이를 써 보고 싶기 마련이다. 한쪽 눈을 대가로 치르고 미미르의 샘물을 실컷 마신 후 아스가르드로 돌아간 오딘은 갓 얻은 지식을 시험해 보고 싶어졌다. 어떻게 시험해 보면 좋을까.

고민을 하던 오딘은 회색 옷에 회색 모자, 회색 수염으로 초라한 노인처럼 꾸미고 여행을 떠났다. 목적지는 요툰헤임에 사는 바프트루드니르란 거인의 집이었다. 바프트루드니르란 수수께끼를 자아내는 자라는 뜻이었으니, 요툰헤임의 거인들 중에서 손꼽히게 아는 것이 많아서 이길 자가 없다고들 했다.

바프트루드니르의 저택에 도착한 오딘은 바로 안으로 들어가며 큰 소리로 외쳤다.

"안녕하시오, 바프트루드니르! 이 몸은 호기심에 찾아온 나그네요. 과연 당신이 소문만큼 아는 게 많고 대단한지 궁금해서 참을 수가 있어야지."

"내 집에 찾아와서 나에게 도전하다니, 그만한 각오는 되어 있겠지? 나보다 지혜롭다는 사실을 증명하지 못하는 한 여기에서 걸어 나가지 못할 터. 그래, 나와 지혜를 겨루고 싶다는 네 이름은 무엇이냐?"

오딘은 몇 가지 가명을 썼지만, 이번에는 제일 자주 쓰던 그림니르라는 이름을 댔다. 그림니르와 바프트루드니르는 세계의 창조와 질서에 대한 지식을 두고 서로 질문과 대답을 주고받았다.

"말해 보라, 바프트루드니르여. 그대가 정말 그렇게 많은 것을 안다면, 하늘과 땅이 어떻게 만들어졌으며 바다는 무엇으로 만들어졌는지 말할 수 있는가?"

"땅은 태초 거인 이미르의 살로 만들어졌고, 돌은 이미르의 뼈로 만들어졌다. 하늘은 이미르의 머리뼈로 만들어졌으며, 바다는 이미르의 피로 만들어졌다.

이제 내 차례다. 말해 보아라, 그림니르. 태초에 오직 이미르 하나만 있었다면, 어떻게 사랑을 나눌 여자도 없이 자식들을 두었을까?"

"이미르는 남성이자 여성이었으니, 겨드랑이에서 각각 남자 거인과 여자 거인을 낳았으며 이들이 다시 자식들을 두었다."

이런 식이었다. 둘이 주고받는 질문은 차츰 과거의 지식에서 현재의 지식으로, 현재의 지식에서 다시 미래의 지식으로 넘어갔다.

"말해 보라, 바프트루드니르. 예언자 발라가 이르기를 시작이 있는 모든 것에는 끝이 있다고 했으니, 아스가르드의 몰락을 부르는 징조가 무엇인가?"

"동족 간의 싸움, 깨어진 맹세, 황금에 대한 탐욕이다.

어디 한번 말해 보아라, 그림니르. 예언된 라그나뢰크가 닥칠 때에, 신들이 거인들과 마지막 전투를 벌일 들판은 어디인지 아느냐?"

"신들의 운명인 라그나뢰크가 올 때 최후의 싸움을 벌일 들판은 비그리드라 하지. 드넓은 땅이라 모든 거인과 괴물과 신들이 전투를 벌일 만하기 때문이다."

이쯤에서 오딘은 바프트루드니르에게, 바프트루드니르는 오딘에게 감탄했으나 그렇다고 승부를 포기할 마음은 없었다. 오딘이 특히 더 그랬다. 오딘은 결코 질 수 없는 질문을 던졌다.

"말해 보라, 바프트루드니르여. 오딘의 아들이 죽었을 때, 오딘이 장작에 불을 붙이기 전에 아들의 귓가에 무슨 말을 속삭일까?"

바프트루드니르는 그제야 겨루기 상대가 오딘 본인임을 알아차렸다. 라그나뢰크는 예언된 사건이었기에 특별한 지식이 있는 이들은 그때 일어날 전쟁에 대해 알 수 있었으나, 오딘이 죽은 아들에게 무슨 말을 할지 알 수 있는 존재는 오딘밖에 없었다.

바프트루드니르는 고개를 숙이며 말했다.

"그대의 아들에게 그대가 무슨 말을 할지 알 수 있는 자는 없으니, 내가 어리석게도 라그나뢰크를 이야기하고 입을 놀렸구나. 그대가 이겼다. 오딘이여, 그대보다 더 많은 것을 아는 자는 존재하지 않으리."

오딘은 승리에 만족하여 큰 소리로 웃었다.

이렇게 바프트루드니르를 이기고 얻은 만족감도 잠시뿐. 미미르의 샘물을 마신 오딘이라 해도 모든 것을 다 알 수는 없었다. 예컨대 미래를 아는 것은 오직 운명의 세 여신들에게만 허락된 능력으로, 다른 누구에게도 불가능한 일이었다. 또 죽음과 그 이후를 아는 것 역시 허락되지 않았다.

결국 오딘은 더 많은 지식을 갈구하며 다시 미미르의 샘을 찾아갔다. 미미르는 놀라지 않았고, 다만 안타까워했다.

"만족하지 못할 줄 알았지."

"그래. 나는 모든 것을 알고 싶네."

미미르는 고개를 천천히 저었다.

"무엇이든 지나치면 모자라느니만 못한 법. 지식 역시 넘쳐서는 마음이 편할 수가 없으며, 제 운명을 미리 알아 봤자 근심이 늘 뿐이라네."

그러나 예상대로 오딘은 그런 말에 흔들리지 않았다.

"나는 신들 중의 신이요, 온 세상을 평화롭게 다스려야 하는 존재이니, 아무리 알아도 지나치지 않아."

이번에 오딘이 알고자 한 것은 삶과 죽음의 비밀이었다. 결국 미미르는 오딘이 원하는 바를 얻으려면 어떻게 해야 하는지 알려 주었다. 한쪽 눈 정도는 사소한 대가로 보이는 방법이었다. 겨우 두 번 만난 미미르를 어찌 믿고 그런 위험한 일을 한단 말인가. 그러나 오딘은 미미르를 의심하지 않고, 또다시 큰 희생을 감수했다.

이번에 바쳐야 하는 희생은 오딘, 그 자신이었다. 오딘은 나뭇가지에 몸이 꿰인 채 이그드라실에 거꾸로 매달려 아흐레를 버텨 냈다. 그는 그 상태로 먹지도 마시지도 않고 고통에 시달리면서 아흐레 동안 삶과 죽음의 경계를 경험했다. 그리고 마침내 마법의 힘을 지닌 룬 문자를 얻고서 땅에 떨어진 오딘은, 이전보다 생각이 깊어졌으며 스스로가 더욱 성장한 것을 느꼈다.

"그래, 무엇을 배웠나?"

미미르가 묻자 오딘은 대답했다.

"열여덟 개의 노래를 배웠네."

오딘이 말하는 열여덟 개의 노래란 곧 열여덟 가지 마법이었으니, 그중에는 적군의 무기를 무디게 만드는 노래, 아군의 사기를 올리는 노래, 족쇄와 포박을 푸는 노래, 화살을 멈추게 하는 노래, 바람의 방향을 바꾸는 노래, 사랑에 빠지게 하는 노래가 있었다. 그리고 무엇보다도 처형당해 죽은 자를 되살리는 노래가 있었다. 오딘이 죽은 자들과 소통하고, 유령을 인도하며, 전쟁터에서 용맹하게 싸우다가 죽은 이들을 건져 내어 발할라 궁전에서 산해진미를 대접하게 된 것은 이때 얻은 지혜와 능력 때문이다.

　그뿐인가. 훗날 오딘은 온갖 속임수와 유혹으로 시인의 꿀 술을 훔쳐 내서 아름다운 시와 노래를 짓는 능력을 아스가르드만의 것으로 만든 장본인이기도 하니, 이 또한 오딘이 지식과 지혜에 대해 얼마나 탐욕스러웠는지를 보여 준다.

　"탐욕스럽다고?"

　오딘은 미미르의 은근한 비난에 웃으며 말했다.

　"내가 그렇게 탐욕스러웠던 덕분에 그대가 지금까지 이렇게 살아 있을 수 있으니, 고마워할 일이 아닌가."

　오딘은 웃으며 미미르에게 말했다. 미미르는 쓴웃음을 지으며 고개를 젓고 싶었지만, 그럴 수가 없었다. 머리만 남은 채로 살아 있는 상태였기 때문이다.

　오딘의 말대로였다. 오딘과 미미르가 이그드라실의 뿌리에 자리 잡은 샘에서 처음 만나고 꽤 오랜 시간이 흐른 후, 아스가르드와 바나헤임 사이에 전쟁이 있었다. 아스가르드의 신들은 아스(에시르 : 복수형) 신족이라 했고, 바나헤임의 신들은 반(바니르 : 복수형) 신족이라고 했다.

　사실 영역은 갈라졌으나 이 두 신족은 서로 친족 관계이기도 해서 힘의 차이가 크지 않았다. 반 신들은 주로 평화와 풍요의 신으로 알려져 있었기에 아스 신들이 쉽게 이길 줄 알았으나, 전쟁은 생각보다 쉽게 끝나지 않았다. 전쟁의 신 오딘이 있는 만큼 아스가르드가 우세하기는 했으나 끝까지 싸운다면 피해가 클 터였다. 결국 양측은 전쟁을 끝내기로 동의하고 평화 협정을 맺었다. 그리고 협정 조건의 하나로 양쪽 신들이 서로의 영역에 섞여 지내기로 했다. 그럴싸한 조건이지만 실제로는 인질을 주고받는 것이나 다름없었다.

바다의 신 뇨르드가 아직 어린 쌍둥이 남매 프레이르와 프레이야를 데리고 아스가르드로 왔다. 이후에 알게 되지만 프레이르와 프레이야는 강한 신들이었다. 그런데 아스가르드가 보낸 인질은 그들보다 못했다.

바나헤임은 전쟁 중에 오딘이 보여 준 전술과 교활한 계략에 감탄했기에, 아스가르드에서 가장 영리하고 지혜로운 신을 보내라고 요구했다. 물론 오딘은 제외할 수밖에 없었지만 말이다. 오딘은 회니르를 골라 보내며, 당시 이미 아주 친해져 있었던 미미르에게 회니르를 따라가서 도와 달라고 부탁했다.

문제는 금세 드러났다. 아스가르드의 신들은 프레이야와 프레이르에게 만족하여 잘 지냈지만, 바나헤임의 신들은 곧 회니르가 별 쓸모가 없다는 사실을 알고 불만스러워했다. 회니르는 오딘과 함께 인간을 만든 신이었으나 대단한 힘이 없었고, '가장 영리하고 지혜로운' 신과는 거리가 멀었다. 기껏해야 미미르의 조언에 의지해서 겨우 체면치레를 할 뿐이었다.

그 결과, 강한 프레이야와 프레이르를 데려온 아스가르드는 갈수록 융성했지만, 회니르와 미미르를 데려간 바나헤임은 시간이 지날수록 힘이 약해졌다. 전쟁을 끝내고 평화를 맺을 때만 해도 힘이 비등했던 두 신족이었지만, 어느새 바나헤임은 아스가르드에게 싸움을 걸 힘도 남지 않았다. 그런 진실을 알게 된 바나헤임의 신들은 어느 날 꼬투리를 잡아 미미르의 머리를 베어 버렸다. 화풀이인 셈이었다.

미미르가 반 신들에게 목이 잘렸을 때 바로 죽지 않은 것은, 오딘이 얼른 그의 머리를 주워 살려 냈기 때문이다. 그리고 오딘이 그럴 수 있었던 것은 죽음과 마법에 대한 지식이 있었던 덕분이었다. 이그드라실에 아흐레간 매달려서 얻어 낸 그 지식 말이다.

미미르는 오딘의 유일무이한 친구이자 말벗이었고, 머리만 남은 지금은 이전보다 더 오딘에게 쓸모가 많아졌다. 그러나 미미르에게도 그것이 잘된 일인지는 모른다. 그는 머리만 남은 채 이전에 지키던 샘가에 놓여, 가끔 찾아오는 오딘과 이야기를 나누고 오딘에게 충고를 하면서 계속 살아갔다. 그 모든 것이 끝날 라그나뢰크가 닥칠 때까지.

아홉 세계에 대하여

북유럽 신화는 우주가 이그드라실을 중심에 둔 아홉 세계라는 점을 밝히고 있지만, 그 아홉 세계의 명칭과 위치는 정확하지 않다.

아홉 세계 중에서 미드가르드, 아스가르드, 바나헤임, 알프헤임, 요툰헤임, 무스펠헤임, 니플헤임의 일곱은 거의 일치하는데, 나머지 두 세계가 어디냐는 다소 혼란스럽다. 지하 또는 북쪽과 연관된 스바르트알프헤임, 니다벨리르, 헬(또는 니플헬, 헬헤임)은 섞여서 나타난다.

이 책에서는 **미드가르드, 아스가르드, 바나헤임, 알프헤임, 요툰헤임, 무스펠헤임, 니플헤임, 스바르트알프헤임, 니다벨리르=헬**, 이렇게 아홉 세계로 보았다.

스바르트알프헤임은 '검은 엘프들의 땅'을 뜻한다. 이 검은 엘프가 무엇을 말하느냐를 두고 여러 주장이 있다. 이 책에서는 검은 엘프라는 종족이 따로 있었다고 보지 않고 드워프를 가리키는 다른 말로 해석했다.

또 헬이 신화에서 나중에 등장한다는 점을 받아들여, 헬을 뺀 아홉 세계가 먼저 존재했다고 보았다. 그러면 헬이 어디에 떨어져서 헬헤임을 만들었느냐를 두고는 니플헤임설과 니다벨리르설 중에 후자를 택했다. 니다벨리르가 '어두운 들판'이라는 의미이고 북쪽이라는 언급이 있다는 점 때문이다.

마블 코믹스는 미드가르드를 지구로, 아스가르드를 비롯한 다른 세계들을 각기 다른 항성계로 각색했다. 아홉 세계의 구분은 미드가르드(지구), 아스가르드, 바나헤임, 요툰헤임, 알프헤임, 스바르트알프헤임, 니다벨리르, 무스펠헤임, 니플헤임이며 헬은 니플헤임 안에 존재한다. 영화 〈토르:라그나로크라그나뢰크의 영어식 표현〉를 보면 스바르트알프헤임의 다크 엘프들은 아스가르드와의 전쟁에서 거의 사라졌으며, 니다벨리르는 외딴 중성자별이자 우주 대장간으로 나온다.

시인의 꿀 술

아스 신들과 반 신들이 평화 협정을 맺기 위해 한자리에 모였을 때, 커다란 단지 하나에 하나씩 하나씩 침을 뱉음으로써 협정을 완성했다. 모두가 평화를 바라며 뱉은 침이라면 잘 섞여 들 것이고, 참여한 신들 중에 다른 마음을 먹은 자가 있다면 그 침이 섞여 들지 못할 터였다. 모두의 침이 한 단지에 잘 섞여 들자 모두 만족했다.

평화의 의식은 이로써 완성되었으나, 단지에 모인 침이 남았다. 한 단지에 모든 아스 신과 반 신들의 침이 담기다니, 다시 일어날 수 없는 희귀한 일이었다. 신체의 모든 부분이 그렇듯이, 침에도 그 침을 만들어 내고 뱉은 신들의 능력이 일부 깃들어 있었다. 마법이 작용할 수밖에 없었다.

그리하여 그 침 단지에서 한 사람이 생겨났다. 신들의 침으로 이루어진 존재이니, 마무리하는 뜻에서 오딘이 혀를 만들어 주었다. 이 사람은 모르는 것이 없어, 누가 어떤 질문을 던지더라도 척척 대답을 내놓았다. 그 이름을 크바시르라 하였다. 신들은 크바시르를 기특하게 여겼으나, 누구 하나의 소유물로 여기지는 않았다. 크바시르는 평화의 상징으로서 자유롭게 세상을 돌아다니며 지혜를 전했다.

그러던 어느 날이었다. 아홉 세계를 돌아다니던 크바시르는 드워프들이 사는 세계, 스바르트알프헤임에 들어갔다. 모르는 것이 없고, 누가 도움을 청하든 순순히 들어주는 크바시르는 곧 드워프들 사이에서도 유명해졌다.

그런데 이 소문을 들은 피알라르와 갈라르라는 두 드워프가 음흉한 생각을 했다.

"크바시르는 신들의 침이 모여 만들어졌다지?"

"사람처럼 생기고 사람처럼 움직이고 사람처럼 말하지만, 실제로는 사람이 아니라 걸어 다니는 물건인 셈이 아닌가."

"모든 신들의 능력이 녹아 들어간 음료에서는 어떤 맛이 날까?"

드워프들은 뛰어난 장인으로 타고났기에, 호기심과 실험 정신이 강할 수밖에 없었다. 그리고 피알라르와 갈라르는 유난히 본성이 어두웠다. 그들은 의심을 모르는 크바시르를 유인해 죽이고, 거꾸로 매달아 놓고 그 피를 한 방울도 남김없이 통에 받은 후에 꿀을 섞고 발효시켜서 술을 만들었다. 피알라르와 갈라르의 기대대로 이 꿀 술에서는 천상의 맛이 났으며, 이 술을 마시면 생전의 크바시르와 같이 지혜가 담긴 시를 읊을 수 있었다.

시인이 될 수 있다는 게 무슨 대단한 능력인가 생각할지도 모르지만, 진정한 시와 노래에는 특별한 힘이 있었다. 시의 언어는 마법의 언어였다. 오딘이 아흐레 동안 이그드라실에 매달려 생사를 오가면서 얻어 낸 마법 또한 노래의 형태이지 않았던가. 어떤 고난도 겪지 않고 술을 마시기만 해도 그런 힘을 얻을 수 있다니, 대단한 보물이었다.

두 드워프는 대단히 만족하여 꿀 술을 잘 숨기고, 크바시르가 보이지 않는다고 의아해하는 이들에게는 신들에게서 받은 지혜가 인간 같은 몸뚱이로 감당할 것이 못 되어 무너지고 말았다고 둘러댔다. 미심쩍은 대답이었지만 당분간은 통했고, 두 드워프는 몰래 천상의 술을 즐길 수 있었다.

사실 피알라르와 갈라르, 이 못된 드워프들이 누군가를 해친 일은 처음이 아니었다.

머지않은 과거에, 이들은 손님으로 찾아온 길링이라는 거인과 그 아내를 대접한 일이 있었다. 길링을 태우고 바다로 나간 드워프들이 실수로 암초를 들이받아 배가 뒤집히고 말았다. 피알라르와 갈라르는 헤엄을 칠 줄 알았지만 길링은 헤엄을 치지 못했다. 결국 드워프들이 뒤집힌 배에 매달려 있는 동안 길링은 바다에 빠져 죽고 말았다.

"길링이 죽어 버렸어. 어쩌지?"

"우리 잘못은 아니야. 할 수 없지."

피알라르와 갈라르는 죽은 길링을 내버려 두고 집으로 돌아갔다.

"배가 뒤집히는 바람에 길링이 바다에 빠졌어."

"헤엄을 못 치더라고."

뭍에 남아 있었던 길링의 아내는 이 소식에 매우 노하여 피알라르와 갈라르를 맹렬히 비난했다. 애초부터 대접을 형편없이 하더니, 길링을 바다에 태워 나간 것이 잘못이며 일부러 죽인 게 아닌지 어떻게 아느냐는 것이었다.

"성가시네."

"성가셔."

피알라르와 갈라르는 성가시다는 이유만으로 상대를 죽일 수 있는 이들이었다. 그러나 길링의 아내는 거인이라 드워프가 힘으로 죽이기는 어려웠다. 그들은 꾀를 짜내어, 문 위에 무거운 맷돌을 올려 함정을 만들어 놓고 길링의 아내를 불렀다.

"엇! 길링이 돌아왔어!"

"헤엄쳐서 빠져나왔나 봐!"

길링의 아내는 그 말을 듣고 서둘러 문을 열다가 떨어진 맷돌에 머리를 맞아서 죽어 버렸다. 드워프들은 태연하게 시체를 처리했다.

피알라르와 갈라르는 곧 이 일을 잊었을지 몰라도, 길링 부부의 아들 수퉁은 잊지 않고 있었다. 수퉁이 집에 들이닥치자 피알라르와 갈라르는 혼비백산했다. 그리고 수퉁이 아무 말 않고 그들을 잡아다가 배에 태워 바다로 나가자 더욱 겁에 질렸다.

"이봐, 어디로 가는 거야?"

"어디로 가는 거야? 우리를 어쩌려는 거야?"

수퉁은 그들을 외딴 바위섬으로 데려가서 말뚝에 잘 묶은 후, 흡족한 얼굴로 배로 물러났다. 수퉁이 배에서 지켜보는 동안 파도가 쳐서 묶여 있는 피알라르와 갈라르를 때리고, 소금물이 조금 마를까 싶으면 쨍 쨍 내리쬐는 햇빛에 살이 타들어 갔다.

　두 드워프는 애걸복걸하기 시작했다. 처음에는 사고였다고 했다. 그다음에는 잘못했다, 미안하다고 했다. 그다음에는 가진 보물을 다 내놓을 테니 살려 달라고 했다.

　목숨은 목숨으로 갚아야 하나, 속죄의 배상을 하고 벗어날 수도 있었다. 피알라르와 갈라르는 가진 금은보화를 모두 내놓고, 거기에다 세상에 다시없는 천상의 꿀 술까지 수퉁에게 넘기고서야 겨우 살아날 수 있었다. 이리하여 크바시르의 피로 빚어진 꿀 술은 거인 수퉁의 것이 되었다.

　그러나 아직 크바시르의 일은 결말에 이르지 않았다.

　드워프들이 대충 둘러댔다고는 해도, 인간처럼 빚어진 크바시르의 몸뚱이가 신들의 지혜를 이겨 내지 못했다는 설명이 통하는 데에는 한계가 있었다. 결국에는 아스가르드 신들도 오랫동안 소식이 없는 크바시르가 어떻게 되었는지 궁금해하기에 이르렀다. 그리고 그들은, 특히 오딘은 크바시르가 그런 이유로 죽었다는 말을 믿지 않았다.

　범인인 피알라르와 갈라르를 찾아내기는 어렵지 않았다. 목숨을 구한 대신 빈털터리가 된 두 드워프는 여전히 크바시르가 저절로 죽었다는 주장을 굽히지 않았지만, 그 피로 술을 담갔다는 점은 인정했다.

　오딘은 크바시르의 죽음에 대한 부분은 넘어갔다. 일부러 죽인 게 아니라는 그들의 말을 믿고 안 믿고보다 더 중요한 것은, 크바시르의 피로 만든 술이 그 누구도 맛보지 못한 천상의 맛을 선사하며 아름다운 시를 읊게 해 준다는 사실이었다. 그리고 크바시르를 빚어낸 것이 신들이며, 크바시르의 재료가 모든 신들의 침이었으니, 그 술에 주인이 있다면 드워프도 거인도 아닌 신들이었다.

하물며, 천상의 맛을 자랑한다는 것은 부차적인 문제였다. 아무것도 모르는 무지렁이라도, 심지어 무기와 도구를 만드는 재주밖에 없는 드워프들이나, 뭔가를 때려 부수는 것이 주된 재주인 거인들까지도 그 술을 마시면 지혜의 시를 읊을 수 있다는 게 아닌가. 오딘으로서는 아무나 그런 술을 마실 수 있다는 사실 자체를 용납할 수 없었다.

오딘은 그 꿀 술을 찾아 나섰다. 거인 수퉁은 거인들의 고향인 요툰헤임에 살고 있었는데, 이 꿀 술을 큰 자랑으로 여겨 함부로 내놓지 않고 잘 숨겨 두었다.

오딘은 차근차근 접근했다. 우선 오딘이 나타난 곳은, 수퉁이 있는 곳과는 한참 떨어진 어느 초원이었다. 일꾼 아홉이 풀을 베고 있었는데, 회색 망토를 두르고 회색 모자를 쓴 오딘은 그들에게 접근해서 낫을 갈지 않겠느냐고 물었다. 오딘이 허리띠에 차고 있던 숫돌을 꺼내어 낫을 갈자, 날이 아주 날카로워져서 풀을 베기가 쉬워졌다. 일꾼들은 오딘이 갈아 준 낫을 들자 일하기가 훨씬 쉬워진 것을 깨닫고, 혹시 그 숫돌을 팔지 않겠느냐고 물었다.

"팔 생각은 아니었지만, 꼭 사고 싶다면 팔지요. 그러나 값이 싸진 않습니다. 보셨다시피 아주 잘 갈리는 숫돌이니까요."

오딘이 꽤 높은 값을 불렀는데도 일꾼들은 그 돈을 내겠다고 했다. 다만 아홉이 힘을 합쳐 숫돌 하나를 사서 돌아가며 쓰려는 것이 아니라, 각자 자기가 가지고 싶어 하며 욕심을 냈다. 오딘은 자기에게 팔라고 아우성치는 아홉 일꾼을 바라보며 짐짓 고민하는 척하다가 말했다.

"할 수 없군요. 이렇게 합시다. 내가 이 숫돌을 높이 던질 테니, 제일 먼저 잡는 사람에게 팔겠습니다."

그렇게 말하고 오딘이 숫돌을 하늘로 높이 던지자, 아홉 명이 떨어지는 숫돌을 잡으려 달려들었다. 그러나 허공에 뜬 숫돌만 보고 달려든 아홉 명은 서로 뒤엉키면서, 손에서 미처 놓지 않은 날카로운 낫으로 서로의 목을 베고 말았다. 숫돌이 풀밭에 떨어졌을 때는, 주위에 목이 베인 시체만 아홉 구가 남아 있었다. 오딘은 여유롭게 숫돌을 주워 허리띠에 넣고 밤을 보낼 곳을 찾아 나섰다.

여기서 밤을 보낼 만한 곳이 어디인지는 이미 알고 있었다. 풀을 베던 아홉 일꾼은 바우기라는 거인을 위해 일하는 일꾼이었고, 근처에는 바우기의 집이 있었다. 지나던 나그네인데 하룻밤 잘 곳을 찾는다는 오딘의 말에 선뜻 손님 대접을 해 준 바우기와 그 식구들은 저녁 식사 자리에서 한탄을 했다.

"대체 무슨 일이 일어난 건지. 풀 베러 나갔던 일꾼들이 서로를 베어 죽였지 뭐야."

"풀을 제때 다 베어 두지 못하면 겨울에 큰일이 날 텐데."

식탁에서 그런 대화가 오가자 오딘은 때를 노려 말했다.

"그렇다면 나를 고용하지 않겠습니까? 내가 아홉 명 몫의 일을 해 드리지요."

"아홉 명 몫을 할 수 있다면 기쁜 일이기는 하지만, 정말 그게 가능하겠나? 나이도 젊어 보이지 않는데."

바우기가 미심쩍어하자 오딘은 빙긋 웃었다.

"나이는 적지 않지만 특별한 재주가 좀 있거든요. 다만 내가 아홉 명 몫의 일을 해낸다면 그 대가로 특별한 것을 받고 싶습니다."

의아한 바우기가 무엇을 원하는지 묻자 오딘은 기다렸다는 듯 대답했다.

"이 근처에 사는 거인에게 특별한 꿀 술이 있다고 들었는데요. 그 술을 한 모금만 마셔 보는 게 소원입니다."

사실 바우기는 수퉁의 동생이었다. 처음부터 오딘은 그 점을 노리고 찾아온 것이다. 바우기는 시원스럽게 대답했다.

"좋아. 그 술을 한 모금 마실 수 있게 해 주지. 내가 가지고 있지는 않지만 우리 형님이 가지고 있으니, 나에게 한 모금쯤은 내줄 거야."

그러나 일은 그의 장담처럼 돌아가지 않았다. 오딘이 아홉 일꾼 몫의 일을 해치우고 약속한 대가를 요구하자 바우기는 오딘을 데리고 제 형인 수퉁을 찾아갔다.

"형님, 형님이 간직한 꿀 술 있지 않소. 왜……."

"그 꿀 술이 왜?"

수퉁은 바우기가 운을 떼자마자 매몰차게 말을 잘랐다. 이쯤 되면 바우기도 예감이 좋지 않았지만, 체면이 있으니 당당하게 요구를 이어 가려 했다.

"내가 약속을 한 게 있는데……."

"그 꿀 술은 내 것이다. 네가 무슨 권리로 그걸 두고 약속을 하네 마네 해? 못 준다. 한 방울도 줄 수 없어."

수퉁의 야멸찬 거절에 면박당한 바우기는 얼굴이 붉으락푸르락해 져서 쫓겨 나왔다.

"아니, 그 술은 분명 우리 부모님의 억울한 죽음에 대한 대가로 받아 온 것일 텐데, 형제인 나에게 아무 권리가 없다는 게 말이나 되나?"

수퉁이 없는 자리에서야 겨우 늘어놓는 불평이었지만, 오딘은 기회 를 놓치지 않았다.

"그러게 말입니다. 형님이 너무 야박하시군요. 혹시 말입니다만, 제 가 그 꿀 술을 몰래 훔쳐 나올 수 있다면 어떻겠습니까? 한번 맡겨 보시 겠습니까?"

바우기는 얄밉게 군 형의 콧대를 꺾을 수 있다는 생각에 솔깃했다. 오딘이 꿀 술을 훔쳐 나오면 그 귀한 술을 자기가 차지할 수 있다는 데 구미가 당기기도 했다. 그는 동생이라는 위치를 이용하여 수퉁이 꿀 술 을 어디에 숨겨 놓았는지, 어떤 함정이 있는지 낱낱이 알아내었다. 그러 고는 안 되겠다고 고개를 절레절레 흔들며 말했다.

"안 되겠어. 형님은 그 꿀 술을 집에 두지 않아. 저기 저 바위산 한가 운데에 깊이 파인 동굴 속에 감춰 두지. 그 동굴에는 입구가 하나뿐인데, 그 문은 안에서만 열 수 있게 되어 있다네."

"안에서만 열 수 있다면 그 안에 누가 있습니까?"

"형님의 딸이자 내 조카인 군로드가 그 안에 산다네. 식사를 받을 때에만 문을 여는데, 그 식사는 다른 누구에게도 맡기지 않고 형님이 직접 가져간다지. 그러니 다른 사람이 식사를 들고 가서 외쳐 불러 봐야 믿지 않을 거야. 어지간히 자신이 있으니 이런 사실을 나에게도 다 알려 준 게지."

바우기는 이미 보복하기는 글렀다고 여기는 모양이었지만, 오딘은 그리 쉽게 포기하지 않았다.

"그렇다면 반대쪽에서 돌을 뚫고 들어갑시다."

동굴의 위치는 대략 알았으니, 어느 바위를 뚫으면 들어갈 수 있는지 계산이 나왔다. 오딘은 산 반대편의 큰 바위 앞으로 바우기를 끌고 가서 큰 송곳을 건넸다.

"이걸로 구멍을 뚫으십시오."

"구멍?"

바우기는 의아한 얼굴로 송곳을 보았다. 큰 송곳이라고는 하지만, 그래 봐야 송곳이었다. 바위에 송곳 구멍 하나 정도 뚫는다고 무슨 방법이 생긴다는 건가.

"구멍만 뚫리면 나머지는 제가 알아서 합니다."

오딘이 자신 있게 하는 말에 따를 수밖에 없었다. 쿵, 쿵, 쿵. 바우기는 거인의 힘을 다 쏟아서 송곳을 바위에 박아 넣었다. 박아 넣은 송곳

주위로 금이 조금씩 가기는 했지만, 단단한 바위 자체가 깨어지는 일은 없었다. 바우기는 힘겹게 박아 넣었던 송곳을 뽑아내고는, 바위에 생긴 손가락만 한 구멍을 미심쩍은 얼굴로 들여다보았다.

"그래, 구멍은 뚫었는데 이걸로 뭘 어쩌겠다고?"

"이렇게 하면 되지요."

오딘은 딱 손가락 굵기만 한 뱀으로 변신해서 구멍 속으로 스르륵 들어가 버렸다.

뒤에 남은 바우기는 아스 신을 안내했다는 것을 뒤늦게 깨달았지만, 그렇다고 수퉁에게 달려가서 이를 알릴 수는 없었다. 그랬다가는 바우기가 저지른 짓을 알고 화를 낼 테니 말이다. 잠시 송곳을 든 채 이러지도 저러지도 못하던 바우기는 눈 딱 감고 모른 척 집으로 돌아가기로 했다.

한편, 뱀으로 변신하여 군로드가 있는 동굴 속으로 숨어 들어간 오딘은 넓은 공간이 나오자 잘생긴 거인 청년의 모습으로 다시 변신했다. 오딘은 필요할 때면 로키 못지않게 여자들의 마음을 사로잡을 수 있었다. 어디까지나 필요할 때는 말이다. 지금이 바로 그런 때였다.

"누구냐!"

움직이는 그림자를 본 군로드가 창을 들고 매섭게 외쳤다. 오딘은 깊고 그윽한 저음에 부드러운 말씨로 말문을 열었다.

"이 산속 깊은 동굴 안에 세상 다시없는 보물이 숨겨져 있다는 말을 들었지요. 과연 제 눈앞에 나타난 아가씨를 보니 세상 다시없는 보물이

로군요."

　군로드도 수상하다는 생각을 하지 않은 것은 아니었다. 들어올 구멍도 없는 산속 동굴에 갑자기 잘생긴 청년이 나타나다니, 수상하다고 생각할 수밖에 없었다.

　그러나 수퉁이 생각지 못한 점이 있었다. 군로드는 아버지의 귀한 꿀 술을 지키기 위해 어두운 동굴 속에 갇혀 지내는 처지였다. 즐거움이라곤 없었고, 만나는 사람이라고는 식사를 가져오고 가끔 꿀 술을 마시러 오는 아버지뿐이었다. 한마디로 외롭고 심심하고 지루하기 그지없는 생활이었다.

　'자식으로 태어난 게 죄라지만, 대단한 반항을 하는 것도 아니고 조금쯤 즐겨도 좋잖아.'

　군로드는 잘생긴 청년의 얼굴을 보며 생각했다. 어쨌든 보물을 지킨다는 의무만 다하면 될 게 아닌가 하고 말이다. 오딘의 계략이 적중한 셈이었다.

　게다가 군로드의 판단은 오만했다. 상대가 교활한 사기꾼 도둑 정도라고 여겼을 뿐, 오딘이라는 점을 짐작하지 못한 탓이었다. 군로드는 볼베르크라고 이름을 댄 이 청년이 기껏해야 꿀 술을 조금 마셔 보겠다는 생각에서 숨어 들어왔으리라 여겼고, 자신이 감당하지 못할 게 없다 여겼다.

　오딘은 정중하게 행동하고, 그동안 이야기 상대가 없었던 군로드의 이야기에 진지하게 귀를 기울였다. 그러다가 차츰 군로드의 아름다움을 찬미하고, 사랑을 속삭였다.

"더는 속이지 못하겠군요. 이제라도 솔직하게 털어놓을게요. 사실 난 수퉁이 가지고 있다는 신비한 꿀 술을 한 모금 마시고 싶어서 몰래 여기까지 들어온 거였어요. 세상 다시없는 천상의 맛이라고 들었거든요. 하지만 당신을 보고 반한 나머지 원래 내가 하려던 일도 잊었네요. 이제는 다른 이유에서 그 꿀 술이 욕심이 나요. 그 술을 한 모금 마시면 세상 다시없는 아름다운 시를 읊을 수 있다면서요! 그 술을 마시고 나면 당신에 대한 이 터질 듯한 마음도 더 제대로 노래할 수 있을까요?"

오랜 외로움에 시달렸던 군로드는 어느덧 경계심을 잊고 오딘에게 빠져들었다. 달콤한 말에 넘어가, 꿀 술 한 모금쯤은 줘도 괜찮다고 여길 만큼 말이다.

'지금도 이렇게 감미롭게 말하는데, 저 꿀 술을 마시고 나면 더 아름다운 시를 읊어 대지 않을까? 한번쯤은 그런 노래를 들어 보아도 괜찮지 않을까?'

그런 생각으로 스스로를 합리화하면서 말이다.

"좋아요. 딱 한 모금 정도라면 마시게 해 주죠."

그러나 커다란 술 단지에 입을 댄 순간 오딘은 단숨에 훅훅훅, 꿀 술을 다 빨아들이고는 독수리로 변신했다. 안에서는 동굴 문을 열 수 있었으니, 오딘은 문을 열고 날아올랐다.

그제야 속아 넘어간 것을 깨달은 군로드가 비명을 질렀다.

딸의 비명을 들은 수퉁은 바로 상황을 알아차렸고, 역시 독수리로

변신하여 오딘을 뒤쫓기 시작했다. 오딘은 무서운 속도로 아스가르드 성벽을 넘어, 미리 지시한 대로 신들이 만들어 두었던 나무통에 꿀 술을 뱉어 냈다.

이후부터 시인의 꿀 술은 아스가르드의 것이 되었고, 시인과 가수들은 모두 시인의 꿀 술을 맡아 관리하는 신, 브라기를 섬기게 되었다. 다만 수퉁에게 쫓기면서 나는 동안 오딘이 조금씩 떨어뜨린 꿀 술이 있어, 이 술이 떨어진 땅에 진실한 시가 아닌 거짓 시가 생겨나게 되었다.

아스가르드 성벽

　세상이 시작되고 얼마 지나서의 일이다. 이미 오딘의 왕좌와 궁전이 있었고, 아스가르드에서 다른 세계로 가기 위한 무지개다리 비프로스트도 있었다. 그러나 아스가르드를 둘러싼 성벽이 없었다.

　그런데 아스가르드 신들 중에는 뛰어난 건축가나 건설자, 장인이 없었다. 드워프가 탄생한 이후부터 그런 일은 모두 드워프가 맡아서 했기 때문이다. 그러다 보니 성벽을 누구에게 맡겨 건설해야 할지, 대가는 또 어떻게 치를지 결정하기가 쉽지 않았다.

　때마침, 거인 하나가 거대한 말을 타고 아스가르드를 찾았다.

　"나는 건축가 중의 건축가요. 아스가르드에 성벽이 필요하다는 말을 듣고 내 기술을 써먹을 좋은 기회라 여겨서 찾아왔소."

　신들로서는 솔깃할 수밖에 없었다. 거인 건축가는 신들이 귀 기울이는 모습을 보고 자신 있게 가슴을 두드리며 말했다.

　"내게 일을 맡겨만 준다면, 1년 반 만에 완벽한 성벽을 만들어 드리리다."

　신들이 웅성웅성 의견을 내놓는 것을 가만히 듣고 있던 오딘이 건축가에게 물었다.

"1년 반 만에 완벽한 성벽을 만드는 대가로 무엇을 원하는가?"

"태양과 달, 그리고 프레이야 여신이오. 프레이야를 내 아내로 주시오."

세상에서 가장 아름다운 여신 프레이야는 이 무례한 요구에 눈을 치켜떴다. 다른 신들도 울컥하여 자리를 박차고 일어섰다.

"터무니없는 요구요!"

"말도 안 되는 소리!"

태양과 달도 대가로 내줄 수 없는 것이거니와, 프레이야 여신을 내놓는다는 것은 다른 신들에게도, 프레이야 자신에게도 말이 되지 않는 요구였다.

신들이 그 자리에서 건축가를 쫓아내려는데, 이 만남을 구경하고 있던 로키가 나섰다. 로키는 아스 신도, 반 신도 아니었고 서리 거인도 산악 거인도 아니었다. 장난을 좋아하고 참견을 즐길 뿐, 딱히 아스가르드에서 맡고 있는 직책도 없었고 의무도 없었다. 그러나 말재주가 좋고 머리도 좋다 보니 자연스레 신들 일에 끼어들곤 했다.

"자자, 진정들 하시고. 잠시 상의 좀 합시다."

로키는 거인을 바깥으로 내보내고 신들에게 말했다.

"저 거인 건축가가 성벽을 쌓아 준다면 좋은 일 아니오. 아니, 그렇다고 프레이야 당신을 내주자는 건 아니니까 진정하시고. 내 말은 아무것도 주지 않으면서 이득을 좀 보자는 얘기요. 이를테면…… 내기를 걸면 어떨까."

"내기?"

사실 아스가르드 신들은 내기라면 사족을 못 썼다. 내기를 제안했는데 거절하는 일이라곤 있을 수 없었다. 오딘부터 관심을 보이자 로키는 기다렸다는 듯 제안했다.

"저 건축가가 1년 반을 달라고 했으니, 그보다 짧은 시간에도 만들 수 있냐고 물어봅시다. 도저히 완성할 수 없는 시간을 주는 거지. 그래서 못 하겠다고 하면 끝이고, 욕심에 눈이 멀어서 하겠다고 덤벼 놓고 그 시간 동안 완성을 못 하면 더 좋지. 우린 대가도 줄 필요가 없고, 미완성이긴 해도 웬만큼 쌓인 성벽을 갖게 되니 말이오. 그러면 저 건축가를 무일푼으로 쫓아내고 나서 나머지만 우리가 마무리하면 되겠지."

일은 일대로 시키고, 일한 대가는 주지 않겠다니 고약한 심보였으나 아스가르드 신들의 마음에는 쏙 드는 제안이었다.

오딘이 물었다.

"절대 불가능한 시간이라면, 반년쯤이면 될까?"

"그럽시다. 그것도 마침 일하기 힘든 겨울로 반년!"

겨울이면 낮이 몇 시간 되지 않고, 눈과 서리가 녹을 때가 별로 없으니 건축을 할 계절이 아니었다. 도저히 반년 동안 드넓은 아스가르드를 둘러싼 완벽한 성벽을 쌓아 올릴 수는 없었다.

오딘은 건축가를 다시 불러들여 조건을 제시했다.

"너에게 건축을 맡겨 보기로 했다. 단, 1년 반을 줄 수는 없다. 지금부

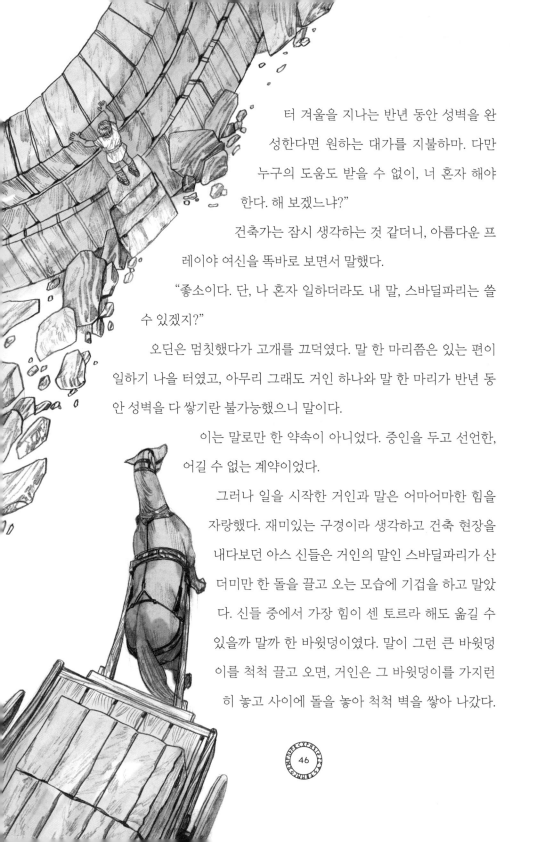

터 겨울을 지나는 반년 동안 성벽을 완성한다면 원하는 대가를 지불하마. 다만 누구의 도움도 받을 수 없이, 너 혼자 해야 한다. 해 보겠느냐?"

건축가는 잠시 생각하는 것 같더니, 아름다운 프레이야 여신을 똑바로 보면서 말했다.

"좋소이다. 단, 나 혼자 일하더라도 내 말, 스바딜파리는 쓸 수 있겠지?"

오딘은 멈칫했다가 고개를 끄덕였다. 말 한 마리쯤은 있는 편이 일하기 나을 터였고, 아무리 그래도 거인 하나와 말 한 마리가 반년 동안 성벽을 다 쌓기란 불가능했으니 말이다.

이는 말로만 한 약속이 아니었다. 증인을 두고 선언한, 어길 수 없는 계약이었다.

그러나 일을 시작한 거인과 말은 어마어마한 힘을 자랑했다. 재미있는 구경이라 생각하고 건축 현장을 내다보던 아스 신들은 거인의 말인 스바딜파리가 산더미만 한 돌을 끌고 오는 모습에 기겁을 하고 말았다. 신들 중에서 가장 힘이 센 토르라 해도 옮길 수 있을까 말까 한 바윗덩이였다. 말이 그런 큰 바윗덩이를 척척 끌고 오면, 거인은 그 바윗덩이를 가지런히 놓고 사이에 돌을 놓아 척척 벽을 쌓아 나갔다.

오딘은 말을 써도 좋다고 하지 말아야 했다고 후회했지만,
이미 늦은 일이었다.

겨울철, 신들이 궁전 안에 틀어박혀 꿀 술을 마시고 노래를 부
르는 동안 바깥에는 엄청난 성벽이 올라갔다. 아스 신들은 이에 흡
족하기는커녕 조마조마한 심정이었다. 무서운 속도로 높아지는 성
벽을 보려니 술맛도 제대로 느낄 수 없을 지경이었다. 건축가가 계약
일에 맞춰 성벽을 완성해 버리면 해와 달과 프레이야를 잃고 어둠 속에
서 살아야 할 상황이었다.

결국 반년이 다 되어 가는 어느 날, 오딘이 다시 회의를 소집했다. 오
딘이 운을 떼기도 전에 다들 로키를 비난했다.

"그냥 거절했으면 되었을 것을, 로키의 괜한 제안으로 곤란해졌습
니다."

"제안을 했으니 책임을 지시오!"

"그래! 로키가 책임을 져라!"

로키는 신들이 비겁하다며 투덜거렸지만, 별수 없었다.

"할 수 없지. 내가 책임지고 건축가가 성벽을 완성하는 것을 막으리
다."

처음에 로키는 말벌로 변신하여 건축가 주변을 왱왱대면서 훼방을
놓으려 했다. 그러나 건축가도 말도 성가셔하긴 했으나, 일하는 속도를
늦추지는 않았다. 그러다 보니 어느새 하루만 더 일하면 성벽이 완성될
판이었다. 다른 방법이 남지 않자, 로키는 최후의 수단으로 아름다운 암

말로 변신했다.

건축의 절반을 넘게 감당하던 스바딜파리는 아름다운 암말의 유혹에 넘어가 거인의 손을 뿌리치고 달려갔다. 물론 이 암말은 그냥 잡혀 줄 생각이 없었으니, 깊은 숲속으로 도망쳤다. 건축가는 미친 듯이 달려가 버린 두 마리 말을 잡을 수가 없었고, 당연히 그다음 날 아침까지 일을 하지도 못했다.

기한 마지막 날, 성벽은 성문만 달리지 않은 채 우뚝 서 있었다. 약속한 날짜에 성벽을 끝내지 못한 것을 안 신들은 환호했고, 건축가는 당연히 분노했다. 증거는 없다지만 이 방해가 신들의 짓임을 모를 수가 없었으니 말이다.

"비겁한 아스 신들아! 약속도 지킬 줄 모르는 것들!"

분노한 건축가가 본색을 드러내자 몸집이 쑥쑥 커지며 울퉁불퉁한 바위산처럼 변했다. 아스 신들의 오랜 적인 산악 거인이었다.

"대가도 받지 못할 바에야, 내가 다시 때려 부수고 가겠다!"

건축가가 성벽을 부수기 시작하자 신들은 황급히 토르를 불렀다.

"애초에 정체를 속인 거인이었으니, 우리가 먼저 약속을 어긴 것이 아니다. 지어 놓은 성벽은 우리 것이니 저놈은 아스가르드를 공격하는 것이다."

토르는 그런 설명이나 논리에 굳이 신경 쓰지 않았다. 분노하며 성질을 내고 있는 거인이 눈앞에 있으니 때려잡을 뿐이었다. 토르는 맨주먹으로 거인을 때려잡았다.

이렇게 하여 신들은 해와 달, 프레이야를 무사히 간직했을 뿐 아니라 다 지어진 성벽을 얻게 되었다.

그리고 로키는 몇 달이나 종적이 없다가, 다리가 여덟 개 달린 망아지를 데리고 돌아왔다. 이 말의 이름이 슬레이프니르로, 아홉 세계를 통틀어 그보다 더 빨리 달리는 말은 없었으며, 죽음의 세계와 산 자의 세계를 오갈 수 있었다. 이 망아지는 오딘의 애마가 되었다.

드워프의 보물

황금을 가리켜 '시프의 머리카락'이라고도 부른다. 이는 이렇게 된 까닭이다.

어느 날, 시프 여신이 잠에서 깨어 보니, 자랑으로 여기던 아름다운 금빛 머리채가 간데없이 사라지고 머리가 반들반들해져 있었다. 시프가 비명을 지르자 남편인 토르가 깨어나 이를 보았다.

토르는 생각을 깊이 하지 않는 신으로, 로키에게 몇 번인가 속아서 곤경에 처한 뒤부터 뭔가 이상한 일이 생기면 반드시 로키가 얽혀 있다는 단순 명쾌한 논리를 세웠다. 실제로 그 믿음은 여러 번 사실로 드러났다. 그리고 로키가 저지른 일이 아니라면, 로키가 해결할 수 있을 터였다. 토르는 당장 로키를 잡으러 나섰다.

이번에도 토르의 생각이 맞았다. 로키가 장난삼아 시프 여신의 아름다운 금빛 머리채를 모조리 훔쳐 낸 것이다. 그러나 토르가 아무리 을러대도 로키는 시프의 머리카락을 다시 원래대로 돌려놓을 수 없었다. 토르는 이를 갈며 로키의 손가락을 하나 부러뜨렸다.

"그게 안 되면 뭐든 다른 방법이라도 찾아와. 못 하겠다면 온몸의 뼈를 하나하나 다 부러뜨리고, 나으면 다시 부러뜨려 주지."

이쯤 되니 로키도 어떻게든 금빛 머리카락을 돌려주겠다고 맹세할 수밖에 없었다.

"알았어, 알았어, 알았다고! 찾아다 줄게! 맹세한다, 맹세해!"

어길 수 없는 맹세를 하고 겨우 풀려난 로키는 투덜거리며 길을 나섰다. 사실 이미 방법은 머릿속에 있었다.

드워프는 신과 거인들과 마찬가지로 태초 거인 이미르의 몸에서 태어났다. 다만 신과 거인들이 이미르의 자손이라면, 드워프는 이미르가 죽고 그 몸에서 세상이 창조될 때에 같이 태어난 종족이었다. 그들은 이미르의 피와 뼈에서 생겨난 구더기였는데, 신들의 창조에 힘입어 모양을 갖추었다.

드워프들이 태어나기 전에는 화덕을 갖추고 쇠붙이를 가져다가 보물과 연장을 만드는 일 또한 신들이 했으나, 드워프가 태어난 이후로 그런 일은 없어졌다. 드워프는 아홉 세계를 통틀어 물건을 만드는 데 가장 뛰어난 장인들로 못 만드는 물건이 없었다. 자, 그러니 로키도 뛰어난 드워프를 찾아서 완벽한 황금 머리카락을 만들어 달라고 하면 될 일이었다.

아스 신들은 아스가르드에, 반 신들은 바나헤임에 살고, 엘프들은 알프헤임에 살았다. 인간은 미드가르드에, 거인들은 요툰헤임에 살았다. 그렇다면 드워프들은 어디에 살까?

드워프들은 스바르트알프헤임의 바위산과 어두운 땅속에 살았다.

그곳이 드워프들의 운명인 불과 금속에 가까운 곳이었으니 당연한 일이었다. 로키는 스바르트알프헤임으로 내려가 가장 이름 높은 장인인 이발디의 세 아들들을 찾았다. 시프의 머리카락이 목적이기는 했지만, 기왕 드워프들을 찾고 보니 그것만 만들어 가기는 아까웠다.

"너희가 드워프 중에서도 최고의 장인들이라 들었는데 말이야. 과연 어떤 대단한 보물을 만들 수 있는지 궁금하군. 정말 소문만 한 솜씨가 있는 거야? 아니면 소문만 무성한 거야?"

아직까지 그 실력을 뽐낼 기회가 충분치 않았던 드워프들은 로키의 도발에 즉각 넘어왔다.

"아스가르드 신들이 경탄하고 탐내어 마지않을 보물을 만들어 주지. 자, 주문을 해 봐."

로키는 뾰족한 턱을 쓸며 생각하다가 말했다.

"장신구 하나와 무기 하나, 탈것 하나로 하지. 장신구는 머리에 쓰면 진짜 머리카락처럼 붙는 황금 머리채로, 무기는 최고의 창으로, 탈것은 최고의 배로 만들어 줘."

머리카락에 대한 주문만 유독 구체적이었지만, 드워프들은 깊이 생각하지 않고 주문에 매달렸다. 시프의 머리카락은 요구가 명확했던 만큼 바로 완성되었다. 무기는 결코 표적을 빗맞히는 일 없이 꽂히는 창으로, 이름을 궁니르라 했다. 배는 스키드블라드니르라 했는데, 천처럼 착착 접어서 가방에 집어넣을 수 있는 배인데도 다 펼치면 아스 신들과 말, 무기를 모두 실을 수 있을 정도로 커지는 데다, 돛을 펴기만 하면 언제나 딱 맞는 바람이 불어오게 되어 있는 신묘한 배였다. 셋 다 로키의 마음에 쏙 들 수밖에 없었다.

"과연, 과연! 이발디의 아들들이 최고의 장인이라더니 정말 그렇군! 이건 인정하지 않을 수가 없네. 신들도 모두 탄복하며 그대들을 칭송할 거야."

이발디의 아들들이 의기양양하게 세 가지 보물을 펼쳐 놓고 로키가 박수를 치며 추켜세우고 있을 때였다. 브로크라는 다른 드워프가 끼어들었다.

"로키가 그렇게 영리하다더니, 보는 눈이 생각보다 못하군. 아홉 세계를 통틀어 최고의 장인은 저놈들이 아니라 우리 형 신드리야!"

이발디의 아들들은 자신들을 깎아내리는 말에 벌컥 화를 내며 연장을 잡았지만, 로키의 생각은 조금 달랐다.

'안 그래도 어떻게 칭찬만 실컷 해 주고 싸게 보물을 받아 갈까 하던 참인데 잘됐군!'

우선 기분 좋게 칭찬해 줘서 이발디의 아들들이 만든 보물을 그냥 꿀꺽하고, 잘하면 보물을 더 늘릴 수도 있는 기회였다. 그래서 로키는 천천히 말했다.

"글쎄, 말이야 쉽지. 최고의 대장장이라는 드워프가 한둘도 아니고. 뭐 허풍이야 떨기 나름 아니겠어?"

얄미운 로키의 말에 이번에는 이발디의 아들들이 흐뭇한 얼굴로 변했고, 브로크의 얼굴이 벌게졌다. 로키는 이발디의 아들들이 만든 보물을 가리키며 더 기세를 올렸다.

"내가 여기저기 많이 돌아다녔는데 말이야. 이만한 보물들은 보지 못했거든. 내가 자신 있게 말하는데, 이발디의 아들들은 최고의 장인이야! 암!"

브로크는 수염을 부르르 떨더니 비장하게 발을 굴렀다.

"좋아. 그렇다면 내기를 하자. 우리 형은 혼자서도 저 녀석들이 만든 것 못지않은 보물 세 가지를 만들 수 있다는 데 내 머리를 걸겠어."

신과 거인, 인간과 드워프를 막론하고 내기를 싫어하는 이는 없었다. 그러니 내기 제안 정도까지는 예상했지만, 기껏해야 물건을 걸 줄 알았는데 대뜸 머리를 걸다니. 이렇게 되면 로키도 똑같이 맞춰 줄 수밖에 없었다.

'이거 생각보다 세게 나오는데.'

느낌이 좋지 않았지만, 로키는 슬쩍 이발디의 아들들을 곁눈질하고 대답했다.

"좋다. 그러면 나는 신드리가 이 세 가지보다 나은 보물을 만들 수 없다는 데 내 머리를 걸지."

"좋아! 판정은 신들에게 맡기지!"

이렇게 하여 내기가 성립했다. 이발디의 아들들도 최고의 장인들이라는 인정을 받는 것 외에 다른 대가를 받을 생각은 잊은 모양이었다. 여기까지는 로키의 계산대로였지만, 신드리가 작업을 시작하자 로키는 바싹 긴장해야 했다.

드워프 신드리는 대장간 화로에 불을 붙이고는, 돼지 껍질을 집어넣고 화력을 최대로 높이기 위해 브로크에게 쉬지 않고 풀무질을 하라고 지시했다. 자신감 넘치는 모습이며 손놀림이 보통이 아니었다. 어쩌면 정말로 최고의 대장장이라는 말을 들을 만한지도 모른다는 불안감이 스멀스멀 솟아올랐다. 로키는 작업을 잠시 지켜보다가 파리로 변신해서 브로크를 방해하기 시작했다.

커다란 파리가 왱왱대며 얼굴 근처를 맴돌기 시작하면, 누구라도 한 번쯤은 하던 일을 멈추고 손을 휘저어 파리를 쫓으려 들기 마련이었다. 그러나 브로크는 간지럽다는 듯이 코를 씰룩이면서도 풀무에서 손을 놓지 않았다. 심지어 파리가 얼굴에 앉았을 때도, 고개를 흔들고 콧바람 입바람을 불어 날려 보내려 할 뿐, 풀무질하는 손은 그대로였다. 로키가 파리 모습으로 브로크의 콧구멍이나 귓구멍으로 들어가 버릴까 생각하고 있을 때, 신드리가 벌써 작업을 끝내고 나와 버렸다.

신드리가 순식간에 만들어 낸 물건은 커다란 돼지였는데, 뻣뻣하고 억센 털이 다 황금빛이었다. 신드리는 한숨 돌리더니 다시 화로에 황금을 집어넣고, 브로크에게 쉬지 않고 풀무질하라고 지시한 후 작업에 들어갔다.

첫 번째 보물은 잘 완성되어도 나쁠 것이 없었다. 로키는 파리로는 안 되겠다는 판단을 내리고, 모기로 변신했다. 모기가 피를 빨겠다는 태세로 눈앞에 어른거리는데 묵묵히 풀무질을 할 수 있는 자가 있을까. 로키는 브로크가 한번이라도 손을 놓아서 신드리의 작업을 망칠 거라 자신했지만, 브로크는 꿋꿋하기만 했다. 심지어 모기에 손가락을 물리고, 목을 뜯기면서도 풀무질을 늦추는 법이 없었다. 결국 이번에도 신드리는 한달음에 작업을 끝내고 완성된 보물을 들고 나왔다. 두 번째 보물은 금반지였다.

신드리는 다시 한숨을 돌리고, 마지막 보물을 만드는 작업에 착수했다. 이번에 화로에 집어넣은 재료는 쇠였다.

로키는 벌로 변신했다. 그리고 길게 시간 끌 것 없이 바로 브로크의 눈 사이에 앉아서는 눈꺼풀에 힘껏 침을 찔러 넣었다.

"아야!"

브로크도 눈에 피가 흘러들자 순간 풀무에서 손을 놓고 훠이훠이 벌을 쫓고 말았다. 로키는 재빨리 도망쳐서 멀찍이 돌아간 후 시치미를 뚝 떼고 제 모습으로 변신하여 기다렸다. 그러나 간발의 차이였는지, 신드리는 쇠망치를 하나 손에 들고 나왔다.

"하마터면 모든 걸 망칠 뻔했어."

말은 그렇게 했지만, 신드리에게 브로크를 탓하는 기색은 없었다. 그저 브로크에게 돼지와 금반지, 쇠망치를 쥐어 주며 로키와 함께 아스가르드에 가서 내기 결과를 받아 오라고 할 뿐이었다. 브로크는 벌에 쏘이고 피가 묻은 얼굴로 로키를 노려보며 고개를 끄덕였다.

로키와 브로크, 이발디의 아들들은 여섯 가지 보물을 가지고 아스가르드로 향했다. 로키는 우선 내기 내용을 설명했다. 오딘을 비롯한 아스가르드 신들은 모두 재미있어했다. 의논 끝에 오딘과 토르, 프레이르 세

신이 이발디의 아들들과 신드리 중에 누가 더 뛰어난 장인인지 판정을 맡기로 하고 자리에 앉았다.

우선 이발디의 아들들이 만든 세 가지 보물이 오딘과 토르와 프레이르에게 쥐어졌다. 로키는 오딘에게 백발백중의 창 궁니르를, 토르에게는 시프의 새로운 황금 머리채를, 프레이르에게는 신묘한 배 스키드블라드니르를 주며 어떤 물건인지 설명했다. 세 신은 물론이고 듣고 있던 다른 신들도 모두 드워프들의 신묘한 능력에 감탄했다.

이어서 브로크가 나서더니 신드리가 만든 세 가지 보물을 내밀었다. 아직 로키도 그 이름과 기능을 듣지 못한 보물들이었다. 브로크는 반짝이는 금반지를 오딘에게 바치며 설명했다.

"이 반지 이름은 드라우프니르요. 아흐레 밤이 지날 때마다 새끼를 쳐서, 무게도 모양도 똑같은 금반지 아홉 개로 불어나지."

이어서 브로크는 금빛 털의 돼지를 프레이르에게 바쳤다.

"이 돼지의 이름은 굴린부르스티로, 바다 위에서도 달릴 수 있고 하늘에서도 달릴 수 있으며 어떤 명마보다 빨리 달릴 수 있소. 밤과 낮도 가리지 않는데, 달이 뜨지 않은 캄캄한 밤이라 해도 이 금빛 털이 빛나 주위가 환하게 보이기 때문이오."

마지막으로 브로크는 거무튀튀한 큰 쇠망치를 토르에게 내밀고 자신감 넘치는 목소리로 설명했다.

"이 망치의 이름은 묠니르! 내 형 신드리 최고의 역작이오. 신들 중에 가장 힘이 세다는 토르가 온 힘을 다해 내리친다면 산이 평야가 될 것이고, 그렇다 해도 이 망치가 상할 일은 없으리다. 토르가 힘껏 집어 던진다면 이 망치가 닿는 것은 무엇이든 박살이 날 터이며, 어디에 던지더라도 반드시 토르의 손으로 돌아갈 것이오. 아쉬운 점이라고는 내가 풀무질을 하던 중간에 벌에 쏘이는 바람에 잠시 불이 꺼져 손잡이가 짧아진 것뿐이오."

브로크는 그 말을 하며 로키를 흘긋 보았다.

신들은 설명을 다 듣고 보물을 두고 의논한 결과, 여섯 개의 훌륭한 보물 중 으뜸은 쇠망치 묠니르이니, 신드리와 브로크 형제가 아홉 세계 제일의 장인이며 따라서 로키가 졌다고 선언했다. 다음 순간, 로키가 서 있던 자리에서 훅 꺼지듯이 사라졌다. 내기 결과를 예상하고 도망쳐 버린 것이다. 브로크는 수염을 떨며 외쳤다.

"오딘이여, 토르여, 프레이르여! 이 내기가 공정하리라 맹세하시지 않았소! 내가 이겼으니 로키를 잡아 주시오!"

오딘과 프레이르는 바로 뛰쳐나가지 않았어도, 토르는 선뜻 나섰다.

"이만한 망치를 얻고서 모른 척할 수야 없지!"

"그 망치를 얻은 건 내 덕이기도 하잖아!"

"약속은 지켜야 하는 거다!"

토르는 끝내 도망치는 로키를 잡아다가 브로크 앞에 데려다 놓았다. 브로크가 기세등등하게 칼을 뽑으려 하자 로키가 황급히 외쳤다.

"잠깐! 잠깐!"

"또 무슨 말로 맹세를 모면하려고?"

"아냐. 맹세는 지키지. 지켜. 내 머리는 너희 형제 것이다. 하지만……"

"하지만?"

로키는 교활하게 웃었다.

"내가 머리는 걸었지만 목은 걸지 않았거든. 내 목은 털끝 하나 상하지 않게 해."

여기에는 브로크도 말문이 막혔다. 목이 상하지 않게 머리를 벨 수는 없으니 말이다. 그는 어이없는 마음에 웃어 버리고는 말했다.

"좋다. 방법이 아주 없는 건 아니지만, 굳이 네 머리를 떼어 가진 않겠어. 그 머리는 우리 것이니 이렇게 하지."

브로크는 철사를 꺼내어 로키의 입을 꿰매어 버리고 후련한 얼굴로 돌아갔다.

그렇게 하여 시프는 원래보다 더 아름다운 황금 머리채를 얻고, 오딘은 신묘한 창 궁니르와 놀라운 반지 드라우프니르를 얻었으며, 프레이르는 어디로든 날아갈 수 있는 배와 타고 다닐 돼지를 얻고, 토르는 아스가르드를 지킬 수 있는 위력적인 망치를 얻었다. 심지어 입이 꿰매어진 로키가 한동안 아무 장난도 못 치게 되었으니, 신들에게는 이보다 더 좋을 수 없는 결과였다.

드워프와 반지 이야기

드워프들이 오딘에게 마법의 황금 반지를 만들어 줬다는 점에서 톨킨의 《반지의 제왕》의 뿌리가 어디에 있는지 알 수 있다.

영국의 소설가 톨킨의 3부작 판타지 소설 《반지의 제왕》은 판타지 소설의 고전으로 평가받을 뿐 아니라, 영화로도 제작되어 큰 인기를 끌었다. 소설에서 드워프들은 특별한 힘을 지닌 마법 반지 아홉 개를 인간들에게 주고, 일곱 개는 드워프들이 갖고, 세 개는 엘프들에게 주었으며, 마지막으로 그 모든 반지를 지배하는 절대 반지를 만들었다고 나온다. 그리고 이 절대 반지를 둘러싸고 벌어지는 중간계 전체의 운명이 이 대작 판타지의 내용이다. 중간계는 미드가르드와 동일한 말이다.

사실 지금의 소설과 만화, 게임 등에서 보는 엘프와 드워프의 외모와 역할 등은 대부분 톨킨이 세웠다고 할 수 있다. 톨킨은 드워프를 작은 키에 술통 같은 몸으로 그렸다. 그리고 드워프들이 욕심 때문에 엘프들과 사이가 좋지 않으며, 드래곤과도 충돌하게 되었다고 했다.

북유럽 신화에서도 드워프가 보물을 만드는 장인들로 나오지만, 외모에 대해 명확한 설명은 없다. 못생겼다는 표현이 가끔 나올 뿐이다. 그리고 이들이 황금과 보물을 심하게 욕심낸다는 말은 없다. '드워프의 보물'에서도 나왔듯이, 그들은 엄청난 보물을 만들어 놓고 자기들이 차지하려 하지 않고 신들에게 준다. 욕심 많은 드워프의 모습을 보여주는 일화는 크바시르를 죽여 꿀 술을 만든 드워프 형제 정도다.

한편 현대 판타지에 많은 영향을 준 북유럽 신화로 '반지 이야기' 또는 '니벨룽겐의 노래'도 있다. 후에 바그너가 오페라 〈니벨룽겐의 반지〉로 재창작한 영웅담이자 비극이다. 이 이야기에는 엇갈린 사랑과 오해 외에도 한번 보면 무슨 짓을 해서라도 가지고 싶어지지만 소유자에게 불행을 가져오는 저주받은 반지, 황금에 대한 탐욕을 부리는 나쁜 용, 용을 무찌르는 용사, 용의 심장을 먹었을 때 얻게 되는 특별한 재주 등, 《반지의 제왕》 이후 지금까지 현대 판타지에서 자주 보는 요소들이 다 담겨 있다.

NORSE MYTHOLOGY

II

신들의 모험

토르와 거인들의 싸움

오딘의 아들인 토르는 천둥의 신으로, 아스가르드에서 가장 힘이 센 신이기도 했다. 호탕한 성격에 걸맞게 목소리 또한 컸으며, 큰 몸집에 맞게 술도 엄청나게 마셨고 먹기도 잔뜩 먹었다. 단순하고 직선적인 이 신은 인간과 신들 모두의 수호자로 여겨졌다.

이때는 아스가르드와 바나헤임의 전쟁이 끝난 지 오래였고, 당장 다른 전쟁이 이어지지는 않았다. 그러나 아스가르드 신들과 요툰헤임의 거인들은 언제나 으르렁대며 자주 싸우는 사이였다. 그리고 서리 거인과 산악 거인들은 아스가르드의 최고신이며 전쟁의 신인 오딘보다도 토르를 더 경계하고 두려워했다. 토르는 아스가르드에 거대한 궁전을 두고 있었지만, 그 궁전에 머무는 시간이 별로 없을 정도로 자주 돌아다니며 아스가르드를 침범하려는 괴물들을 잡고, 거인들과 싸웠다. 특히 묠니르를 얻은 뒤에는 그 쇠망치를 날려서 때려잡은 거인이 얼마나 많은지 토르의 별명이 '거인 살해자'가 될 정도였다. 그런 토르이니만큼 견제도 많이 받아, 몇 번이나 위기를 겪었다.

어느 날, 토르가 사냥에 나섰다. 사냥이라고는 하지만, 일반적인 짐승을 잡으러 떠나는 게 아니었다. 이번에는 트롤북유럽 신화와 스칸디나비아, 스코틀랜드 전설 속에 등장하는 상상 속 괴물 사냥에 나서는 길이었다. 염소 두 마리가 끄는 전차를 타고, 힘이 두 배로 늘어나는 허리띠를 차고, 쇠장갑을 끼고, 그 유명한 망치 몰니르를 챙겨 들고서였다. 이번 트롤 사냥은 순조롭게 끝났다. 문제는 아스가르드로 돌아갔을 때 일어났다.

토르가 여행을 떠난 사이에도 아스가르드는 평소같이 돌아갔다. 다른 일이 없는 신들은 저녁마다 오딘의 발할라 궁전에서 연회를 즐겼다.

발할라는 '전사자(戰死者)의 큰 집'이라는 뜻이기도 한데, 문이 540개나 있고 문마다 800명의 전사가 나란히 한꺼번에 들어갈 수 있을 만큼 넓었다. 그렇게 큰데도 칸칸이 방을 나누지 않고 거대한 공간을 그대로 썼고 안에는 방패와 무기가 가득했다. 발할라에는 전투에서 용맹하게 싸우다 죽은 자들만이 발키리 여신들의 선택을 받아 들어올 수 있었다. 이 전사들을 에인헤랴르라고 했다.

낮이면 죽은 전사들이 무기들을 들고 둘로 편을 나누어 끝없이 전투 훈련을 하며 서로 죽고 죽였고, 밤이면 다시 부활하여 먹고 마시며 웃고 떠들었다. 낮이면 전투장으로 쓰인 거대한 궁전 내부에 밤이면 식탁이 줄줄이 깔리고 고기와 꿀 술을 끝없이 먹고 마실 수 있었다. 그리고 용감하게 싸우다 죽은 것이 자랑인 이 전사들이 식탁 예절이라곤 없이 고기를 썰어 먹은 칼로 이를 쑤시고, 뼈를 던지고, 술을 마시다 말고 다시 싸워 대는 소란 통에서 조금 떨어진 상석에 아스가르드의 신들이 앉았다. 물론 가장 높은 자리에는 오딘이 앉았는데, 양어깨에 두 마리 까마

귀를 앉히고 발치에 앉은 늑대에게 먹이를 주면서 때로는 낮에 벌어지는 전투를 구경하고, 때로는 밤에 벌어지는 연회를 바라보았다.

여기까지는 자주 보는 풍경이었지만, 그날은 특별한 사건이 하나 있었다. 에인헤랴르 전사들과 아스가르드 신들 외에 낯선 손님 하나가 술자리에 앉아서 떠들고 있었던 것이다. 때마침 기분 좋은 사냥을 마치고 아스가르드로 돌아온 토르는 발할라의 연회장 바깥까지 울려 퍼지는 시끄러운 목소리에 얼굴을 찌푸렸다.

"내 오늘은 손님으로 여기 앉았으니 험한 짓을 하진 않겠지만 말이야. 여차하면 아스가르드를 뒤엎고 신들은 다 얼음 바다에 처넣어 줄 수도 있어. 뭐 그래도 거기 프레이야는 봐주도록 하지. 세상에서 제일 아름다운 여신이라는 게 과연 괜한 소문이 아니었어. 프레이야, 나한테 술한잔 따라 주쇼."

대체 누가 이런 무례한 소리를 지껄인단 말인가. 그것도 귀가 터지도록 시끄러운 발할라에서도 뚜렷하게 들릴 정도로 큰 소리로! 토르가 서둘러 발할라에 들어가 보니, 상석에 처음 보는 거인이 하나 앉아 있었다. 토르는 보자마자 그 거인이 손에 들고 있는 커다란 술잔을 알아보았다. 토르의 술잔이었다. 그리고 그 거인이 바로 무례하고 시끄러운 목소리의 주인이었다.

"술!"

토르는 먼지도 털지 않고 성큼성큼 상석으로 향했다. 신들은 술을 외치는 목소리에 토르가 온 것을 알고 반갑게 맞이했지만, 정작 토르는 반기는 신들의 모습이 눈에 들어오지도 않았다.

"웬 거인이 여기서 신나게 술을 마시고 있지? 그것도 손에 쥔 건 내 술잔 아닌가! 누가 저 멍청한 놈을 발할라의 식탁에 앉히고, 토르의 술잔을 쥐어 준 거야? 자격도 없는 놈을 프레이야 옆에 앉히고 헛소리하는 꼴을 받아 준 게 누구냐고!"

토르가 붉은 수염을 떨며 벼락같이 고함을 지르자 거인도 취기가 날아간 모양이었다. 그는 자세를 바로 하고 분명하게 말했다.

"이 몸, 흐룽니르는 이 궁전의 주인인 오딘에게 초대를 받아 앉았고, 주는 술을 마셨다. 그런데 이제 와서 나를 불청객 취급하다니, 아스가르드의 손님 대접은 원래 이 모양인가?"

뜻밖에도 이치에 맞는 말이었다. 토르를 보던 신들이 흐룽니르를 보다가, 오딘에게 시선을 돌렸다.

흐룽니르라는 거인이 왜 이 자리에 앉아서 큰 소리를 치고 있었느냐. 사정은 이렇게 된 일이었다.

토르가 없는 사이, 문득 거인들이 어떻게 지내고 있는지 궁금해진 오딘은 홀로 애마를 타고서 요툰헤임으로 향했다. 오딘의 애마라고 하면 다리 여덟 개 달린 말 슬레이프니르, 땅에서만이 아니라 물에서나 공중에서나 따를 자 없이 달리는 말이었으니 혹시 안 좋은 일이 벌어질까 걱정할 이유가 없었다.

그렇게 요툰헤임을 한 바퀴 둘러보던 오딘은 처음 보는 거인과 마주쳤다. 거인은 오딘을 알아본 것인지 못 알아본 것인지, 대뜸 위아래로 꼬나보며 시비조로 말을 걸었다.

"거 타고 다니는 말 한번 좋아 보이는군. 하지만 내 말 굴팍시만은 못할걸."

오딘은 어처구니가 없어 거인을 보았다. 이 거인이 무슨 속셈인지는 알 수 없었지만, 세상에 슬레이프니르에 버금가는 말은 없었고, 오딘이 애마에게 품은 애정 또한 따를 자가 없었다.

"내 머리를 걸고 말하는데, 이 말보다 훌륭한 말이 요툰헤임에 있을 리가 없다."

오딘은 딱 잘라 말하고 말을 재촉해 달렸다. 머리를 건다는 소리까지 해 버린 것은 그만큼 자신이 있어서였다. 세상에 슬레이프니르를 따라잡을 수 있는 말은 없었으니 말이다.

그러나 한참 달리다가 뒤를 돌아본 오딘은 놀라고 말았다. 아까 큰 소리치던 거인이 계속 말을 달려 따라오고 있었다. 분명 슬레이프니르를 따라잡지는 못했지만, 그렇다고 뒤처지거나 멈추지도 않았다. 오딘은 바싹 긴장하여 아스가르드로 전력 질주했다. 그러나 아스가르드에 거의 다 와서도 거인은 포기하지 않고 따라오고 있었다. 오딘은 뒤돌아보지 않고 마지막 힘을 다해 아스가르드의 발할라 안으로 뛰어들었다. 그리고 거인이 주위를 신경 쓰지도 않고 같이 뛰어들자, 그제야 뒤를 돌아보고 외쳤다.

"이곳은 내 궁 안이다. 내 지붕 밑으로 들어왔으니 내 손님으로 술 한잔 받겠는가?"

신성한 법칙에 따르면, 술을 함께 마신 손님에게는 해를 끼쳐서는 안 된다. 그러나 그 법을 믿는다 해도 적진인 아스가르드에서, 적인 아스 신들에게 둘러싸여 술을 마시는 것이 마음 편한 일일 리 없었다. 그러나 오딘을 뒤따라온 거인은 담대한 것인지, 눈치가 없는 것인지 조금도 두려워하지 않고 연회장에 주저앉았다.

"마침 목이 말랐는데 잘됐군. 이 몸은 흐룽니르라 한다."

신들은 재미있어하며 자리에 없는 토르의 큰 술잔을 가져다가 철철 넘치게 술을 부었다. 흐룽니르는 술잔을 단숨에 비우며 호기를 자랑하더니, 곧 취하여 큰소리를 치기 시작했다.

"흥! 아스가르드 신들이 대단하다더니 별것도 없구먼. 이게 발할라라고? 이 정도 궁전은 나 혼자서도 들어 옮기겠다. 신들의 왕이라는 오딘은 내 앞에서 꽁무니 빠져라 도망이나 치고, 그렇게 강하다는 토르는 마침 여행 중이라 없다고? 내가 무서워서 어디 숨은 건 아니고?"

처음에는 신들도 이런 말에 화를 내거나 심각하게 반응하지 않았다. 오히려 색다른 놀이라며 즐거워할 정도였다. 흐룽니르는 그것을 다들 자신의 눈치를 본다고 해석했는지, 더욱 의기양양하여 외쳤다.

"프레이야! 프레이야는 어디 있지? 세상에서 제일 아름다운 여신이라는 소문은 들었는데, 소문은 과장되기 마련이잖아. 내 눈으로 직접 보고 확인하고 싶군."

거인의 이 무례한 요구에는 신들도 흠칫하며 프레이야의 눈치를 보았다. 프레이야가 분노하면 토르나 로키라 해도 도망칠 정도이니, 무례한 손님이야 말할 것도 없었다. 다행히 프레이야는 화내지 않고 큰 소리로 웃었다.

"그래? 내가 프레이야다. 어디, 직접 보니 어떤가?"

흐룽니르는 프레이야를 잠시 바라보더니 솔직하게 감탄한 얼굴로 술잔을 들어 올렸다.

"과연 소문 못지않군! 아니, 소문보다 더 아름다워! 내가 인정해! 어!"

무례한 태도였지만, 프레이야는 전에 겪어 보지 못한 반응이라 재미있어했다. 그러나 그것도 잠시뿐. 흐룽니르가 같은 말을 되풀이하고 또 되풀이하며 술주정을 부려 대자 슬슬 프레이야도, 다른 신들도 짜증이 나기 시작했다. 게다가 술에 취해 안하무인이 된 흐룽니르는 허세를 부리며 자기 힘으로 아스가르드를 뒤엎고 프레이야를 데려갈 수 있다고 큰소리치기 시작했다.

마침 토르가 도착한 것이 그때였다. 토르는 자기가 손님이라고 주장하는 흐룽니르에게 다가서서 멱살을 잡고 외쳤다.

"주는 술을 받아먹고서 주인을 모욕하고 을러대는 게 무슨 손님이냐? 주제 모르고 초대를 받아들인 걸 후회하게 해 주마."

흐룽니르는 코웃음을 쳤다.

"무기도 없이 술에 취한 나를 죽이다니 토르의 명성이 우습기 짝이 없구나. 그래, 마음대로 해라. 그 잘난 망치로 이 자리에서 날 때려죽여 봐라. 방패와 숫돌을 집에 두고 오다니 내가 멍청했지."

이쯤 되자 오딘도 끼어들지 않을 수 없었다. 발할라 안에 들이고 술과 고기를 나눠 먹은 손님을 연회장에서 죽인다면, 이는 신성한 법칙을 깨는 일일 터였기 때문이다.

"그 말이 옳다. 토르여, 무기도 없는 흐룽니르를 죽여 봤자 명예로울 것이 없다. 여기에서 소란을 벌이기보다는 흐룽니르와 때와 장소를 정하여 제대로 결투를 벌임이 어떠하냐."

이 말은 토르도 받아들일 수밖에 없었다.

"좋다. 오딘께서 저렇게 말씀하시니 이 자리에서는 내가 참겠다. 결투 날짜는 언제로 하겠냐? 나와 정당한 결투를 벌일 배짱이 있다면 말이다만."

"내가 할 말이다. 나중에 가서 꽁무니 빼지나 말아라."

토르가 그 자리에서 흐룽니르를 쳐 죽일까 우려하여 오딘이 결투를 명했으나, 본래 결투는 신분의 고하를 가리지 않고 누구나 모욕을 당했다고 생각하면 신청할 수 있었다. 결투 신청이 이뤄지면 7일 이내에 날짜를 정해서 외딴섬이나 해변에서 만나야 했고, 그 자리에 나타나지 않으면 명예를 잃었다.

흐룽니르는 당당하게 결투 날짜와 장소를 정한 후에, 오딘에게 자랑했던 말을 타고 집으로 돌아갔다.

흐룽니르는 요툰헤임의 거인 중에서도 손꼽히게 강한 거인이었다. 그러니 흐룽니르가 토르와 싸워 이기면 모든 거인에게 좋은 일이었다. 반대로 흐룽니르가 토르에게 지는 것은 거인들에게 걱정스러운 일이었다. 그래서 거인들은 응원의 뜻으로 결투 장소에 어마어마하게 거대한 점토 남자를 하나 만들어 놓았다.

그러나 정작 만들고 보니 너무 커서 그 몸을 움직일 적당한 심장을 찾을 수가 없었다. 거인들은 고민하다가 암말을 한 마리 잡아서, 그 심장을 집어넣었다. 그런데 암말의 심장이다 보니 겁이 많았고, 거대한 몸뚱이를 움직이기에도 힘이 부족했다. 이 점토 거인은 흐룽니르 곁에 서서 위용을 자랑하는 것 외에 아무 쓸모가 없었다. 그래도 거인들은 점토 거인을 세워 놓고 결투를 기다렸다.

흐룽니르는 쉽게 겁먹지 않았다. 토르와의 싸움을 앞두고도 떨지 않았으니 겁이 없다고 해야 할지, 용기가 있다고 해야 할지 알 수 없었다. 어쨌든 흐룽니르는 거대한 숫돌을 메고, 돌 방패를 앞에 들고 결투 장소에 섰다.

한편 토르는 티알피라는 종을 데리고 결투장으로 향했다.

티알피가 토르를 따라다니며 시중을 들게 된 데에는 이런 사연이 있었다.

어느 날, 토르가 두 마리 염소가 끄는 전차를 몰고 하늘을 달렸는데, 아무리 한참 달려도 보이는 게 없었다. 당연히 사냥감도 없었다. 그러다가 밤이 되어 겨우 찾은 게 오두막집 하나였다.

"사냥감이 없으니 할 수 없군."

토르는 땅에 내려앉아 전차를 끌던 염소 두 마리를 잡아서 불을 지피고 고기를 구웠다. 그리고 마침 마주친 오두막집의 일가족을 식사에 초대했다. 일가족은 네 명이었는데, 부부와 아들 하나, 딸 하나였다. 아들의 이름은 티알피였고, 딸은 로스크바라고 했다. 토르는 인심 좋게 고기를 나누면서 한 가지 주의 사항을 일렀다.

"고기는 먹고 싶은 만큼 먹되, 절대로 뼈를 부수거나 상하게 해선 안 된다. 살을 발라낸 뼈는 모두 여기, 이 염소 가죽에 한데 모아라."

다들 주의 사항을 기억하고 식사를 했지만, 티알피가 몰래 허벅지뼈 하나를 칼로 잘라 뼛속까지 발라 먹었다.

다음 날, 토르는 해가 뜨기 전에 일어나서 옷을 갖춰 입고 묠니르를 챙긴 다음, 염소 가죽을 들어 올렸다. 그러자 염소 두 마리가 전날과 똑같은 모습으로 살아 일어났다. 토르의 전차를 끄는 염소들은 늘 이렇게 살아났기에, 사냥감이 없을 때면 염소를 잡을 수 있었던 것이다. 그러나 전차에 매어 출발하려다 보니 염소 한 마리가 다리를 절었다.

"누가 내 말을 어기고 염소를 상하게 했냐?"

토르가 화를 내자 붉은 수염이 곤두서고, 머리카락에 번개가 튀는 것 같았다. 하룻밤을 함께 보낸 일가족이 공포에 질려 납작 엎드렸다.

"저희가 무식하여 뭘 모르고 실수를 저질렀습니다."

"살려만, 살려만 주십시오."

온 가족이 두려움에 떠는 모습을 보자 토르도 노여움을 가라앉혔다. 그러나 토르의 염소는 그냥 염소가 아니니, 대가 없이 용서할 수는 없었다. 그는 티알피와 로스크바를 종으로 받기로 하고 그 집을 떠났다.

이후 두 아이 중에서도 특히 티알피가 토르를 잘 섬겼는데, 가볍고 발이 빠른 것이 특징이있다. 이때도 토르를 수행하여 결투장으로 가던 티알피는 앞서가다가 멀리서부터 보이는 점토 거인을 보고 분개하여 주인 곁으로 돌아갔다. 거대한 점토 거인은 만들어 낸 거인들의 기대에 미치지 못하고, 오히려 역효과를 일으킨 셈이었다.

"저것 보세요. 혼자서 싸워야 하는 결투에 이상한 걸 데리고 나왔어요. 역시 비겁한 놈이니, 정정당당하게 싸울 필요가 없습니다. 저건 제가 처치할게요."

티알피는 토르의 허락도 기다리지 않고 쏜살같이 달려 나가서는, 돌방패를 든 흐룽니르를 보고 외쳤다.

"흥, 흐룽니르가 방패를 엉뚱한 데 들고 있네. 앞을 가리고 있어 봐야 소용없어. 토르 신은 땅 밑에 계시거든."

티알피는 그 말을 던지고는 점토 거인에게 달려가서 빠른 속도로 주위를 빙글빙글 돌며 약을 올렸다. 너무 몸이 컸던 점토 거인은 팔다리를 제대로 움직이지 못하고 엉거주춤하게 몸을 돌리다가 제풀에 무너져서 죽어 버렸다.

한편 티알피의 속임수에 넘어간 흐룽니르는 방패를 내려놓고 그 위에 올라서서 두 손으로 숫돌을 움켜쥐고 있었는데, 정작 토르는 망치를 높이 쳐들고 달려와서 흐룽니르에게 날려 보냈다. 묠니르가 무서운 천둥소리를 내며 날아갔다. 보통 거인이라면 거기서 끝이었겠지만, 흐룽니르도 그렇게 만만하지는 않았다. 흐룽니르는 두 손으로 움켜쥔 숫돌을 빙빙 돌리다가 날아오는 망치를 향해 집어 던졌다.

망치와 숫돌이 하늘에서 부딪쳤고, 드워프의 역작인 망치는 무사했으나 흐룽니르의 숫돌은 산산조각이 나고 말았다. 그러나 숫돌이 부서졌다 해서 싸움이 끝난 것은 아니었다. 쪼개진 숫돌 조각들이 땅에 떨어져 산을 이루고, 남은 한 조각이 계속 날아가서 토르의 이마에 그대로 박혔다. 토르는 이마에 숫돌이 박히면서 쓰러졌고, 토르의 망치 묠니르는 숫돌을 부순 후에 계속 빙글빙글 돌아서 흐룽니르의 머리를 쳤다.

거인의 숫돌은 토르를 죽이지 못했지만, 토르의 망치는 흐룽니르를 죽였다. 머리가 부서진 흐룽니르는 거목처럼 쓰러졌는데, 하필이면 숫돌에 맞아 드러누운 토르의 몸 위로 엎어졌다. 요툰헤임 거인의 거대한 발이 토르의 목에 딱 걸쳐졌다.

토르가 쓰러졌다는 소식에 아스가르드 신들이 몰려들었지만, 아무도 흐룽니르의 발을 치울 수가 없었다. 이대로라면 토르는 결투에 이기고도 질 판이었다. 숫돌 조각이 이마에 박히고, 흐룽니르에게 목이 밟힌 채 굶어 죽을 테니 말이다. 토르가 처음 겪는 곤경이었다.

모두가 방법을 찾지 못하고 허둥거리고 있을 때, 토르의 어린 아들 마그니가 나타나지 않았다면 토르는 정말로 굶어 죽었을지도 모른다. 마그니는 토르의 무서운 힘을 그대로 물려받았기에, 아직 어린아이였는데도 흐룽니르의 몸을 치울 수 있었다. 그러나 토르는 이마에서 빠지지 않는 숫돌 조각 때문에 두고두고 두통에 시달려야 했다.

이렇게 하여 흐룽니르는 연회에서 만용을 부린 대가를 치렀고, 토르는 두통을 얻었지만 명성이 더욱 높아졌다. 서리 거인과 산악 거인들의 두려움과 미움 또한 커졌다.

어느 날 로키가 토르를 찾아와서, 잠시 놀러 나가자고 했다.

로키와 토르는 달라도 너무 달랐다. 토르는 힘이 세고 직선적이었으며 속임수를 부리거나 꾀를 내는 방법 따위는 알지 못했다. 변신을 하여 모습을 바꾸는 일도 없었다. 반면 로키는 곧이곧대로 행동할 때가 한 번도 없었으며, 별 이유 없이도 장난으로 거짓말을 하고 속임수를 썼다. 변신의 대가이기도 해서, 다양한 모습으로 변신을 했다. 아니, 어쩌면 제일 자주 보이는 잘생긴 청년의 모습도 변신의 하나일지 모른다.

신기하게도 그렇게 다른 토르와 로키지만, 같이 여행을 하는 일은 자주 있었다. 그래서 토르도 별 의심 없이 로키의 제안에 따라나섰다. 사냥 여행에 나설 때면 토르는 언제나 힘을 두 배로 늘려 주는 마법 허리띠를 차고, 염소 두 마리가 모는 전차를 타고, 무엇보다도 중요한 쇠망치 묠니르를 챙겨 들고 나가곤 했다. 그런데 평소처럼 그렇게 챙기려 들자 로키가 말렸다.

"뭘 그렇게 거창하게 다 챙겨? 이번엔 누구와 싸우러 가는 것도 아니고, 그냥 잠깐 놀러 가자는 것뿐이야."

"아니. 그래도 혹시 모를 일이잖나."

우직한 토르의 말에 로키는 크게 손사래를 쳤다.

"묠니르가 마음에 쏙 든 건 알겠지만, 그렇게까지 늘 가지고 다닐 건 없잖아. 거추장스럽지도 않아? 게다가 무슨 일이 있으면 또 어때? 묠니르 없던 시절이라고 거인들을 못 잡은 것도 아니고. 왜, 무기 없이는 자신이 없어?"

토르는 그 말에 발끈하여 허리띠와 쇠망치를 놓고, 가벼운 옷차림으로 여행에 나섰다.

요툰헤임에 들어서자 한동안 황무지와 벌판이 이어졌고, 시비를 걸어오는 거인이 몇 있었다. 실제로 토르는 쇠망치와 허리띠 없이도 거뜬히 거인들을 때려잡을 수 있었기에 기분이 좋아졌다. 그러다 보니 벌써 저녁때가 되었고, 숲속이었다.

"어디 묵을 만한 데를 찾아볼까?"

토르는 느긋하게 말했지만, 로키는 왠지 초조해하며 반대했다.

"그러지 말고 좀 더 가 보자. 밤이 완전히 오기 전에 이 숲을 나갈 수 있을 것 같은데. 이 숲만 나가면 내가 아는 곳이 있어."

"느긋하게 나온 여행인데 굳이 서둘 필요가 있나?"

"아니, 하지만 기왕이면 술과 고기가 넘치는 곳에서 환대받으면 좋잖아?"

의견이 엇갈리는 사이, 숲속에 집이 하나 나타났다. 로키는 계속 움직이고 싶어 했지만, 토르는 그 집 문을 두드렸다.

"누구세요?"

숲속 집의 주인은 그리드라는 여자 거인이었다. 그리드는 토르와 로키를 보더니 말했다.

"대단한 대접은 못 해 주겠지만, 하룻밤 잠자리 정도는 제공하지."

로키가 토르의 옆구리를 찌르며 속삭였다.

"이봐. 함부로 이런 데서 묵을 작정이야? 알지도 못하는 거인인데 우리에게 해라도 끼칠 작정이면 어쩌려고? 더 가면 내가 아는 데가 있다니까!"

"호의적으로 나오는데 뭐 어때? 겁낼 상대도 아니고."

아무리 토르라도 거인이라면 다 싸우거나 죽일 생각은 아니었고, 손님을 환대해야 한다는 법칙만큼은 거인의 땅에서도 성립했다. 토르는 로키를 무시하고 그리드의 집으로 들어갔다. 로키는 못마땅해했지만, 토르와 그리드는 죽이 제법 잘 맞았다. 게다가 알고 보니 그리드는 이미 오딘과의 사이에서 자식을 둔 일이 있었다. 토르는 좀 더 마음을 놓고 식사를 즐겼다.

그렇게 저녁 식사를 하고 잠자리에 든 후의 일이었다. 토르가 기분 좋게 자는데 누군가가 흔들어 깨웠다. 눈을 떠 보니 그리드가 쉿 소리를 내더니 속삭였다.

"어젯밤에 밖에서 하는 소리 들었어. 이 숲을 나가면 게이로드의 집이 있지. 저 녀석이 뭐라고 하든, 게이로드는 아스 신들을 싫어하는 데다 아주 위험한 놈이야. 무기 없이 가면 좋지 않을 거야."

그리드는 이렇게 말하면서 토르에게 자신의 쇠장갑과 허리띠, 그리고 단단한 지팡이를 빌려줬다.

토르는 이때까지 몰랐지만, 사실 로키에게는 토르를 여기까지 데려온 이유가 따로 있었다. 이전에 로키가 거인 게이로드의 성을 호기심에 들여다보다가 사로잡힌 일이 있었다. 그때 로키는 작지만 재빠른 매로 변신해 있었는데, 자신을 잡으려 드는 거인들을 우습게 보고 마지막 순간까지 놀리다가 날아오르려 했던 것이 화근이었다.

사로잡힌 로키는 평범한 매인 척하면서 빠져나갈 틈을 찾으려 했지만, 게이로드는 그 눈을 들여다보고 보통의 매가 아니라는 의심을 품고 말했다.

"너는 누구냐? 누군가가 변신했다는 느낌이 드는데."

로키는 대답하지 않았으나, 게이로드는 그냥 넘어가지 않고 로키가 변신한 매를 몸이 꽉 끼는 좁은 새장에 가둔 후 먹을 것을 주지 않고 굶겼다. 결국 고통을 견디지 못한 로키는 입을 열어 자신의 정체를 드러내고 말았다. 그러자 게이로드는 토르를 유인해 오겠다고 맹세해야만 풀어 주겠다고 했다. 그것도 쇠망치 묠니르와 힘을 두 배로 늘려 주는 허리띠를 빼고 오게 하라는 조건이었다.

토르에게는 다행스럽게도, 전차를 몰고 가지 않은 덕분에 게이로드의 성에 빨리 가지 못하고 도중에 그리드의 집에 묵게 된 셈이었다.

토르는 이런 사실을 몰랐지만, 그리드의 말을 듣고는 곰곰이 생각하다가 무기를 챙겨 넣고 다시 누웠다. 아무 일 없었다는 듯이 아침이 되어 숲을 나서니 게이로드의 성이 나왔다.

게이로드는 토르가 방문하자 바로 손님용 숙소로 안내하도록 했다. 그 숙소에는 의자가 하나뿐이어서 토르가 바로 앉았는데, 토르가 앉자마자 의자가 지붕을 향해 올라가기 시작했다. 의자도, 지붕도 돌이라 그대로 있다가는 양쪽에 끼어 죽을 판이었다. 토르는 그리드가 준 지팡이를 천장에 대고 힘껏 의자를 아래로 밀었다. 우지끈, 소리가 나고 의자가 부서지더니 무서운 비명이 울렸다. 토르가 내려서서 살펴보니 의자 밑에 거인 여자가 둘 있었는데, 척추가 부러져 죽어 있었다. 이 둘은 게이로드의 두 딸이었다.

게이로드는 이를 보고도 모른 척 토르를 연회장으로 초대했다. 그리고 토르가 당당하게 마주 서자 게이로드는 부젓가락으로 시뻘겋게 달궈진 쐐기를 집어 들어 던졌다. 맨손으로 받는다면 손이 다 타 버렸을 테지만, 토르는 그리드가 준 쇠장갑을 끼고 가볍게 쐐기를 받아 냈다. 분노한 게이로드가 기둥 뒤로 도망치면서 외쳤다.

"맹세를 어긴 거냐, 로키!"

다급한 나머지 로키의 입에서 변명이 튀어나왔다.

"난 맹세를 어기지 않았어! 저건 토르의 쇠망치도 허리띠도 아니야!"

그러나 로키의 변명을 들을 게이로드는 이미 없었다. 토르가 다시 던진 쐐기가 게이로드가 방패로 삼은 기둥을 꿰뚫고, 게이로드의 몸에 박힌 채로 벽마저 부수고 날아간 후였다. 토르가 이글이글한 눈으로 로키를 노려보았다. 로키는 두 손을 들며 말했다.

"그게 어떻게 된 거냐면 말이야……."

그날 게이로드의 성은 토르의 손에 남김없이 부서졌고, 이 사건 이후 토르에게는 무슨 일이 일어나면 일단 로키부터 의심하는 습관이 생겼다.

로키와 황금 사과

　어느 날, 이둔 여신이 사라졌다. 말 없는 이둔은 아스가르드에서 특별히 인기가 있거나, 눈에 띄는 편은 아니었다. 대체로 이둔은 그 자리에 있었고, 그것으로 충분했다. 그래서 다들 이둔이 아스가르드 어디에도 보이지 않는다는 사실 자체를 늦게 알아차렸다.

　그러나 알아차리고 나니 문제가 심각했다. 이둔은 프레이야처럼 강력하지도 않았고 사랑의 여신이나 전쟁의 여신, 마법의 여신도 아니었다. 단지 이둔은 황금 사과를 지키는 여신이었다. 문제는 아스가르드 신들은 이 황금 사과를 먹어야 다시 젊어질 수 있다는 점이다. 다시 말해, 이둔이 없으면 노화를 겪게 된다는 뜻이었다. 오딘이 변장을 위해 취하는 노인 모습 같은 게 아니라, 진짜 노화 말이다.

　신들 중에서 가장 힘이 센 토르도 노화와 함께 힘이 약해졌고, 신들 중에서 가장 아름다운 프레이야도 피부가 마르고 주름이 지기 시작했다. 심각한 사태였다. 이대로 가면 아스가르드가 무너질 수도 있었다.

　토르는 힘이 더 약해지기 전에 로키를 찾아 나섰다. 아스가르드에 설명할 수 없는 일이 생기면 로키 탓이라는 게 토르의 생각이었고, 대체로 그 생각은 사실로 드러났기 때문이다. 이번에도 정확히 그러했다.

이둔이 사라지기 얼마 전, 로키는 오딘과 회니르와 함께 여행을 하고 있었다. 특별한 목적이 있는 여행은 아니고, 그저 구경하러 나선 여행이었다. 여기저기 한가하게 돌아보던 그들은 배가 고파지자 먹을 것을 찾아 나섰다. 황량한 지역이어서 시간이 걸리기는 했지만, 사냥을 하고 고기를 준비하기는 어렵지 않았다.

그런데 소를 잡아 불에 올린 지 한참이 지나도 고기가 구워지지를 않았다. 오딘의 마법으로 불을 더 세게 지피고 또 한참을 기다려도 마찬가지였다. 당연히 이는 자연스러운 일이 아니니, 누군가의 장난질이 틀림없었다. 때마침 근처에 있던 나무 위에서 목소리가 들려왔다.

"나다. 그 고기는 내가 익지 못하게 했다."

신들이 올려다보니 거대한 독수리 한 마리가 나뭇가지에 앉아서 말하고 있었다.

"나부터 먹게 해 준다면 고기를 굽게 해 주마."

오딘은 신중한 신이었기에, 이 독수리가 평범한 존재가 아닐뿐더러 어쩌면 이 땅의 주인일지 모른다고 생각했다. 게다가 굽지 않은 고기를 먹고 싶지도 않았다. 오딘이 그러라고 하자 독수리는 얼른 날아오더니, 제일 살이 많고 맛있는 부위를 큼지막하게 떼어 냈다.

오딘이 허락한 일이었고 회니르에게는 다른 의견이 없었지만, 로키는 화가 났다. 안 그래도 배가 고파 짜증이 난 데다, 로키는 장난치기를 좋아했지만 남의 장난질에 당하는 것은 딱 질색이었다.

"양심도 없는 놈아! 소 잡고 손질하고 고생은 우리가 했는데 제일 맛있는 고기를 다 가져가? 우리 먹을 건 남겨야 할 거 아니냐!"

로키가 성질을 내며 몽둥이를 집어 들고 독수리를 때리려 들자, 몽둥이 끝이 독수리 등에 척 하고 달라붙었다. 그리고 독수리가 큰 날개를 퍼덕여 날아올랐다. 당황한 로키가 손을 떼려 했지만, 몽둥이만 독수리에게 붙은 게 아니라 로키의 손도 몽둥이에 붙어서 떨어지지 않았다. 로키는 그대로 독수리에게 매달린 채 하늘을 날게 되었다.

하늘 위를 이리저리 끌려다니는 정도는 큰일이 아니었지만, 독수리는 로키를 골탕 먹이려 작정한 듯 일부러 바위산 근처를 곡예비행 하듯 날면서 로키의 몸을 이리저리 패대기치기도 하고, 얼굴이 긁히게 하는가 하면, 로키의 발이 닿을 정도로 내려갔다가 다시 올라가고, 발이 끌리도록 내려갔다가 다시 올라가면서 실컷 애를 먹였다.

로키는 곧 만신창이가 된 데다가, 계속 몽둥이에 매달려 있자니 팔이 아프고 어깨가 끊어질 것 같았다. 결국 그는 버티지 못하고 독수리에게 사과하며 용서를 빌었다.

"내가 잘못했소. 상대를 몰라보고 함부로 대하며 때리려 하다니, 내가 잘못했소! 그러니 이만 놓아주시오!"

독수리는 마치 로키가 이렇게 나오기를 기다렸다는 듯 대답했다.

"이둔 여신을 내게 데려와 다오. 물론 황금 사과도 함께. 그러면 놓아주겠다."

로키도 처음에는 펄쩍 뛰며 안 될 말이라고 했지만, 독수리가 로키를 꿰어 버릴 기세로 뾰족한 바위산을 향해 맹렬히 날아가자 바로 꼬리를 내렸다.

"알았어, 알았다고! 그만해!"

독수리는 약속을 확실히 받아 내고 나서야 한 바퀴 크게 돌아서 원래 있던 자리에 로키를 내려놓았다. 허공에서 뚝 떨어져 땅을 구른 로키는 얼굴이 생채기투성이에, 옷이 여기저기 찢어지고 너덜너덜해서 꼴이 말이 아니었다. 그 모습을 본 오딘과 회니르는 씹던 고기가 튀어나올 정도로 웃어 대며 즐거워했다.

"그러게 왜 마법사를 함부로 대하나."

끙끙거리며 일어나 앉은 로키는 오딘의 반응에 마음이 상한 데다, 오딘과 회니르가 그를 기다리지도 않고 고기를 거의 먹어 치워 더욱 마음이 상했다. 생각해 보니, 이둔과 황금 사과가 사라지면 아스가르드 신들은 다 나이를 먹고 힘들어지겠지만 로키 자신은 별 영향이 없었다.

'아까는 약속을 지킬 마음이 없었지만, 어디 혼 좀 나 봐라.'

로키는 독수리에게 이둔을 넘겨줄 마음을 먹고, 아무렇지도 않은 척 옷을 털고 웃으며 식사에 끼어들었다. 오딘과 회니르는 로키가 한 약속에 대해서는 아무것도 모른 채로 아스가르드에 돌아갔다.

그러나 황금 사과를 먹지 못한 신들이 늙어 가고, 토르가 길길이 날뛰며 또 로키가 뭔가 한 게 틀림없다고 하기 시작하자 오딘도 그 일을 돌이키며 의심스러운 구석을 찾아냈다. 오딘과 토르가 함께 추궁하자 로키도 더 발뺌하지 못했다.

"그래. 내가 거래를 했지. 나를 무사히 내려 주는 대신 이둔을 꾀어 주기로 했어."

로키도 고민했다. 이둔을 꾀어내기로 약속은 했지만, 아스가르드 밖으로 나가는 일이 없는 이둔을 어떻게 성벽 바깥까지 데리고 나갈까. 그는 이둔의 남편인 시의 신 브라기를 이용하기로 했다.

"이둔, 브라기가 성벽 바깥에 누워 있던데 무슨 일이야?"

"성벽 바깥에 누워 있다니?"

이둔은 어리둥절해했다.

"글쎄, 뭐 하는 건가 싶어서 툭 쳐 봤는데 답도 없더라고. 어디 다친 건지."

"아니 다쳤는지 확인을 하고 안으로 데리고 들어와야지. 그걸 말이라고 해요?"

"브라기가 어떻든 내가 알 게 뭐야."

로키가 퉁명스레 무관심을 표현하자 이둔이 더 그럴싸하게 여기고 로키를 닦아세웠다.

"어딘지 당장 안내해요, 로키!"

"귀찮게……."

로키는 일부러 투덜거리면서 이둔을 이끌고 성벽 밖으로 나갔다. 이둔은 바쁘게 따라나서 브라기가 어디 있나 두리번거렸다.

그때, 밖에서 대기하고 있던 거대한 독수리가 날아 내려와서 이둔을 잡아챘다. 엄청나게 빠른 독수리의 속도에 이둔은 비명도 제대로 못 지

르고 잡혀갔고, 로키는 손을 흔들어 배웅했다.

로키가 이 사실을 실토하자 토르가 득달같이 망치를 들고 달려들었다. 오딘이 아슬아슬하게 막아선 사이, 로키는 재빨리 말을 이었다.

"내가 저지른 일이니 내가 해결하면 될 거 아뇨, 거참!"

토르가 불덩이처럼 이글거리는 눈으로 로키를 노려보며 망치를 들었다 놓았다.

"이놈이고 저놈이고 협박질이야."

로키는 투덜거리며 슬그머니 프레이야의 망토가 필요하다고 말했다. 프레이야도 살벌한 눈초리로 로키를 노려보았지만, 뒤집어쓰면 매로 변신할 수 있는 망토를 빌려주기는 했다.

로키는 세워 놓은 계획을 신들에게 알려 주고 지시를 한 후에, 매로 변신하여 날아갔다. 갈 곳은 알고 있었다. 이둔을 데려간 독수리는 사실 산악 거인 티아시(샤치)였다. 로키는 독수리가 채어 갈 수 있는 곳까지 이둔을 유인한 후에 이를 확인해 두었다.

곧장 티아시의 영토로 날아간 로키는 티아시가 이둔을 혼자 두고 나갈 때까지 끈기 있게 기다리다가 얼른 날아 들어갔다.

"당신!"

이둔이 화를 내며 로키에게 손가락질을 했지만, 해명을 할 때가 아니었다.

"구하러 온 거야! 시간 없어!"

로키는 이둔을 사과 바구니째로 나무 열매로 변신시킨 후에 부리에 물고 날기 시작했다. 그러나 아무리 서둘렀어도 티아시는 이둔이 집에서 나간 것을 바로 알아차렸다. 다행히 프레이야의 망토 덕분에 날렵한 매로 변신한 로키는 독수리로 변신한 티아시보다 더 빠르게 날 수 있었다. 그는 아스가르드 성벽을 향해 전속력으로 날았다.

로키의 지시를 받고 성벽 위에서 하늘을 살피던 아스가르드 신들은 곧 미친 듯이 날아오는 매 한 마리와 그 뒤를 바싹 쫓는 독수리를 볼 수 있었다. 그들은 서둘러 횃불을 준비하고, 로키가 성벽 위를 통과하는 바로 그 순간에 맞춰서 성벽 위에 준비해 두었던 장작에 불을 붙였다. 마법으로 준비해 둔 장작불은 바로 10미터 높이로 치솟아 올라, 아스가르드를 향해 질주하던 독수리의 깃털에 붙었다.

독수리는 요란하게 퍼덕이며 추락했고, 땅바닥을 뒹굴다가 본래 모습으로 변해 불을 끄려 했다. 그러나 그곳은 이미 아스가르드 안이었고, 늙어서 힘이 떨어진 토르도 손쉽게 달려들어 티아시를 죽일 수 있었다. 로키는 부리에 물고 있던 나무 열매를 내려놓고 이둔으로 되돌린 후 뽐내며 말했다.

"보라고. 내가 누구야? 내가 다 해결한다고 했잖아."

이둔도, 프레이야도, 토르도, 오딘도 무서운 눈으로 로키를 노려볼 뿐이었다.

"벌을 받지 않는 것만도 다행인 줄 알아야지."

오딘은 나지막이 말하고 이둔에게 황금 사과를 받아서 깨물었다.

토르가 거인에게
시집간 날

어느 날, 토르가 잠에서 깨어 보니 소중한 망치인 묠니르가 온데간데없었다. 드워프 신드리가 만든 역작으로, 토르 하면 묠니르라고 할 정도로 유명하고, 그만큼 토르도 무척 아끼는 무기였다. 자기 전에도 분명히 손만 뻗으면 잡힐 위치에 뒀다. 그래도 혹시나 술을 마시고 엉뚱한 데 던져두었을까 싶어 토르는 미친 듯이 침대 주위를 뒤지고, 궁전을 다 뒤졌다.

그러다 결국 붉은 수염을 쥐어뜯고 머리를 잡아 뜯으며 천둥 같은 소리를 내지르고 말았다.

"로키!"

토르는 이리저리 생각하기를 싫어했기에, 대부분의 문제에 한 가지 답을 갖고 있었다. 그것은 아스가르드에 설명하기 힘든 일이 생기면 다 로키가 저지른 일이라는 믿음이었다. 이제까지 여러 번 그 생각이 사실로 드러나기도 했으니, 달리 생각할 이유가 없었다.

"로키! 당장 이리 뛰어와라!"

로키는 마치 기다리고 있었다는 듯이 토르의 궁에 얼굴을 들이밀더니 눈을 굴렸다.

"왜 날 부르시나?"

토르는 다짜고짜 로키의 멱살을 잡고 가까이 끌어당겼다.

"내 망치가 없어졌다! 내가 자는 사이에 누가 훔쳐 간 게 틀림없어!"

로키는 토르에게 멱살을 잡히고도 태연했다. 그저 가까이 얼굴을 들이대는 게 불쾌하다는 듯이 두 손으로 토르의 붉은 수염을 밀어내며 말할 뿐이었다.

"감히 누가 여기까지 들어와서 토르의 망치를 훔쳐 간단 말이야?"

"그러니 네 짓이겠지!"

"나? 내가 훔쳤으면 부른다고 여기 얼굴을 들이밀겠냐?"

토르는 손을 풀지 않고 눈을 부라렸다.

이번에는 정말로 로키가 한 짓이 아닌 모양이었다. 그러나 로키가 한 짓이 아니라 해도, 로키에게 해결 방법은 있을 터였다. 때문에 토르는 여전히 로키의 멱살을 잡고 놓지 않았다.

"알았어, 알았어. 일단 이 손 좀 놔 봐. 내가 찾아볼게."

토르가 손을 풀자 로키는 구겨진 옷을 털면서 투덜거렸다. 귀찮은 일이었다. 그러나 모른 척할 수도 없는 것이, 토르의 망치 묠니르가 사라진다는 것은 아스가르드의 방어에 심각한 위협이었다. 토르는 가장 힘이 센 신이었고 서리 거인들의 공포였지만, 묠니르가 없다면 토르를 꺾을 만한 거인도 없지 않았기 때문이다. 그리하여 토르에게 약속을 하고 나선 로키는 우선 프레이야의 궁전으로 향했다.

"프레이야! 오, 아름다운 프레이야!"

프레이야는 들어서자마자 웃으며 듣기 좋은 말을 늘어놓는 로키를 의심스러운 눈빛으로 쏘아보았다. 토르와 로키는 앙숙처럼 싸우기는 했지만 대체로 잘 어울려 다니는 사이였다. 반면 프레이야는 달랐다. 로키가 프레이야를 특별히 골탕 먹이거나 하는 것은 아니지만, 프레이야로서는 로키를 좋게 볼 이유가 전혀 없었다.

"내 궁에는 또 웬일이지, 로키?"

"당신의 깃털 망토를 좀 빌려줬으면 해."

로키는 쾌활하게 말했다.

"내가 왜? 또 무슨 장난을 치려고?"

"내가 매번 장난만 친다는 듯이 말하는군. 그야 물론 나는 장난을 좋아하기로 유명하지만, 당신에게 뭔가 한 적은 없잖아?"

프레이야는 코웃음을 쳤다. 그러나 프레이야가 반박하기 전에 로키가 얼른 말했다.

"오늘은 중요한 일 때문이야. 토르의 망치가 없어졌어. 묠니르를 찾으려면 당신 망토가 필요하다고."

로키가 아무리 못마땅하다 해도, 묠니르가 사라졌다는 말에는 프레이야도 진지하게 반응할 수밖에 없었다.

프레이야의 깃털 망토를 걸치면 매로 변신할뿐더러, 보통 매와는 비교할 수 없이 엄청나게 빠른 속도로 움직일 수 있었다. 로키가 그 망토를 걸치고 바로 날아간 곳은 요툰헤임이었다. 어디에 있을지 알아서가 아니라, 다른 어디보나도 요툰헤임에 묠니르가 있을 경우가 가장 걱정스러웠기 때문이다. 물론 토르의 망치를 가져가고 싶어 할 만한 범인으로도 거인들이 가장 유력했다.

매가 된 로키가 요툰헤임에 들어서자 언덕 위에 앉아 있는 서리 거인의 왕 트림의 모습이 보였다. 황금 목걸이를 건 개를 거느리고 애마의 갈기를 빗기고 있는 모습이 여유로워 보였다. 뭔가를 기다리고 있는 것 같기도 했다.

'옳거니. 트림이 뭔가 아는 게로구나.'

로키는 트림 앞에서 땅에 내려서서 망토를 걷고 본래 모습으로 돌아갔다.

"신들에게 무슨 일이 있나? 아니면 엘프들에게 무슨 일이 있나? 명성 자자한 로키가 내 땅에는 무슨 일로 혼자 나타났지?"

"토르의 망치, 묠니르가 없어졌어. 혹시 어디 있는지 아나?"

로키가 단도직입적으로 묻자, 트림도 순순히 발아래를 가리켰다.

"이 땅속 깊숙한 곳에 있지. 나 말고는 아무도 못 찾을걸."

모처럼 토르의 망치를 몰래 빼내어 아무도 모르는 곳에 숨겼는데, 그 사실을 순순히 털어놓다니. 망치가 목적이 아니라 뭔가 바라는 것이 있다는 뜻이었다.

"뭘 바라나?"

트림의 답변은 짧고 굵었다.

"프레이야."

로키는 속으로 신음했지만, 일단 깃털 망토를 걸치고 다시 아스가르드로 날아갔다. 토르는 서리 거인 트림이 묠니르를 가지고 있다는 말에 펄펄 뛰었다.

"내 당장 달려가서 트림을 쳐 죽이고 묠니르를 되찾아 오겠어!"

로키는 그대로 뛰쳐나가려는 토르를 붙잡았다.

"묠니르도 없이 갔다가는 위험할 수도 있어."

"내가 묠니르 없다고 트림 따위에게 질 것 같나?"

"지지 않으면, 트림을 죽여 버리고 나서 영영 묠니르를 못 찾아도 괜찮아?"

그 말에는 토르도 기세가 죽었다.

"이렇게 하지. 프레이야를 설득해서, 트림과 결혼하게 하는 거야. 그리고 트림이 묠니르를 꺼내 오면 그때 죽여 버리면 돼."

토르도 듣고 보니 맞는 말이라 고개를 끄덕이고 로키와 함께 프레이야의 궁전으로 향했다.

그러나 로키가 계획을 말하자마자 프레이야의 푸른 눈동자가 쏟아지는 눈사태처럼 번득이고, 궁전 바닥이 뒤흔들리며 벽에 금이 가기 시작했다. 프레이야의 아름다운 입에서 서릿발처럼 차가운 목소리가 날아왔다.

"나보고 뭘 하라고?"

로키는 목을 움츠렸지만, 눈치 없는 토르는 한 번 더 말했다.

"묠니르를 되찾아 오는 건 아스가르드 전체에 중요한 일이오. 잠시

만 도와주면 트림 그놈이 감히 주둥이도 내밀기 전에 내가 때려죽일 테니 걱정을……."

프레이야가 분노의 소리를 내질렀다. 천둥 벼락이 내리꽂히지 않았지만, 거의 그런 착각이 들 정도의 기세였다. 궁전도 크게 진동했다. 분노한 프레이야는 하얀 불꽃에 둘러싸여 타오르는 듯했다.

"꺼져!"

토르는 뭔가 더 말하려고 했지만, 로키가 얼른 토르의 팔을 잡고 줄행랑을 쳤다. 프레이야는 사랑과 미의 여신이지만, 전쟁의 여신이기도 했기 때문이다.

"로키 네 잘난 말솜씨로 프레이야를 설득해야 할 것 아닌가. 그냥 도망쳐 나오면 몰니르는 어떻게 하라고!"

"가만 좀 있어 봐. 일단 화라도 좀 가라앉고 나서야 무슨 말을 해도 하지."

상황이 이렇다 보니 프레이야를 뺀 아스가르드 신들이 모여서 머리를 맞대고 궁리하기에 이르렀다. 묘안을 낸 것은 헤임달이었다.

"어차피 트림은 프레이야의 생김새를 모르지 않습니까?"

"그야 그렇지."

"게다가 신부는 베일로 얼굴을 가릴 수 있지요."

"그렇다면…… 대역을 쓰자는 거요?"

헤임달은 빙긋 웃었다.

"다른 여신에게 그런 일을 강요할 수야 있나요. 토르가 직접 변장하고 트림에게 가는 겁니다. 토르라면 들킨다 해도 위험할 일이 없고, 트림이 묠니르를 꺼내 온다면 바로 쳐 죽일 수 있을 테니까요."

토르는 질색을 하며 말도 안 되는 소리라고 반대했지만, 다른 신들은 모두 그럴싸한 계획이라 여겼다. 특히 로키는 반색을 하며 얼른 토르에게 치마를 입히고 신부 화장을 시키자고 신들을 불러 모았다. 그리고 다시 프레이야에게 달려갔다.

로키가 살금살금 다시 접근하자 프레이야가 화가 머리끝까지 나서 벌떡 일어났다. 프레이야의 전차를 끄는 고양이 두 마리도 일어나서 이를 드러냈다. 로키는 얼른 두 손을 들어 올리고 외쳤다.

"잠깐, 잠깐! 내가 잘못했어. 당신은 아무것도 안 해도 돼. 다른 계획을 짰어."

프레이야는 화가 누그러들지 않았지만, 그렇다고 바로 공격하지도 않았다. 로키는 바로 말을 이었다.

"자, 깃털 망토를 돌려줄 테니 이번에는 그 황금 목걸이만 좀 빌려줘. 끝나고 꼭 돌려줄 테니 걱정 말고."

"목걸이를? 왜지?"

"토르를 변장시킬 거야."

프레이야는 잠시 어리둥절해하다가 무슨 말인지 알아듣고 폭소하고 말았다. 그리고 분을 풀고 자신을 상징하는 귀한 황금 목걸이를 풀어서 로키에게 내주었다.

로키가 황금 목걸이를 들고 돌아가 보니, 토르가 치마를 입고 귀걸이를 달고 화장을 하고 그 위에 신부의 베일을 쓰고서 얼굴을 붉으락푸르락하고 있었다. 로키는 의기양양해서 토르의 목에 프레이야의 황금 목걸이를 채웠다.

　"좋아. 감쪽같군."

　아무리 얼굴을 통째로 가려서 붉은 수염도 드러나지 않게 했다지만, 토르의 거대한 몸집만 생각해도 감쪽같다고 할 수 있을지 의문이었다. 그러나 서리 거인 트림은 머리가 좋지 않았고, 프레이야는 황금 목걸이 브리싱가멘을 떼어 놓는 법이 없다고 알려져 있었다. 그리고 만약에 대비하여 로키가 직접 시녀 분장을 하고 따라가기로 했다.

　"로키, 네놈까지 여자로 변장하다니……."

　토르는 뜻밖의 의리를 보았다는 듯 감동한 얼굴이었지만, 로키는 시녀 변장이 조금도 거리끼거나 힘들지 않았다.

　'이렇게 재미있는 일도 오랜만이군!'

　로키는 내내 웃음을 참으면서 신부 행렬을 준비했다.

　프레이야로 가장하고 여기까지 오느라 짜증이 나 있었던 토르는 떡 벌어진 잔칫상 앞에 앉자 마침 잘됐다며 먹고 싶은 대로 황소 한 마리를 다 먹어 치웠다. 거인들 모두가 그 모습에 놀랐고, 트림도 놀라서 불평하고 말았다.

　"프레이야 여신이 이렇게 많이 먹는단 말인가? 먹성이 장난이 아니

로군!"

시녀로 분장한 로키가 얼른 설명을 했다.

"아스가르드 신들에게 한 끼니 황소 한 마리쯤은 당연한 일입니다. 하물며 프레이야 님은 보통 신이 아닌 것을요."

로키가 말하는 사이에도 토르는 술을 벌컥벌컥 마시며 술통을 연이어 비우고 있었다.

"먹는 것도 먹는 것이지만 술은 또 왜 이렇게 많이 마신단 말인가! 준비해 둔 술이 부족할 지경이오!"

"이해하십시오. 결혼식 때문에 긴장이 되고 마음이 설레어 아흐레 동안 먹지도 마시지도 못하셨답니다."

"그래?"

트림은 로키의 얼토당토않은 설명에 마음이 녹았는지, 슬그머니 토르 옆에 다가앉아서 면사포를 젖히려다가 화들짝 놀라서 손을 뗐다.

"아이코 깜짝이야. 무슨 눈이 이글거리는 불덩이 같은가. 무섭기까지 하군. 정말로 이 신부가 세상에서 제일 아름답다는 프레이야 여신이 맞나?"

로키가 얼른 끼어들었다.

"그런 실례되는 말씀을! 두근거리는 마음으로 결혼식을 준비하느라 아흐레 동안 잠도 제대로 못 주무시지 않았겠습니까. 그러다 보니 원래 별처럼 반짝이던 눈동자가 태양처럼 번쩍이게 되고 말았지요."

"그래? 나와의 결혼이 그렇게 기다려졌나?"

로키의 말에 금세 흐뭇해진 트림은 다시 토르에게 다가앉아 손을 한 번 잡으려다가, 또 화들짝 놀라서 손을 뗐다.

"아이코 깜짝이야. 손이 나보다 더 큰 것 같은데? 게다가 손에 굳은 살은 또 왜 이렇게 박혔나! 세상에서 제일 아름답다는 프레이야도 손까지 아름답진 않은 모양이지?"

"내 손이 뭐가……."

로키는 황급히 두 손으로 토르의 입을 막았다. 아무리 트림이 어리석은 데다 술에 취했다 해도, 토르의 목소리를 듣게 된다면 더는 프레이야라고 둘러댈 수가 없을 터였다. 로키는 얼른 트림에게 외쳤다.

"이제 연회도 할 만큼 했으니 혼인을 진행합시다! 합방에 어서 들어가야죠!"

트림은 그 말에 반색을 하며 손에 대한 이야기를 잊어버렸다.

"그래! 이제 예법대로 합방으로 넘어가자!"

토르가 놀라서 일어서려 했지만 로키가 일어서지 말라고 옆구리를 콱 찌르며 얼른 다음 말을 이었다.

"그러기 전에 한 가지가 더 남았죠! 신부에게 줄 약속된 예물은 준비됐나요?"

술에 취한 트림은 기분 좋게 맞장구를 쳤다.

"그렇지! 신부에게 줄 예물을 가져와라! 합방이다!"

마침내 약속된 신부 예물, 드워프들의 역작이자 토르의 분신인 번개 망치가 곱게 들려 나오자 토르가 벌떡 일어나서 천둥 같은 목소리로 부르짖었다.

"묠니르!"

거기서부터는 로키가 말리거나 부추길 필요가 없었다. 면사포를 벗어 던지고 번개같이 식탁을 뛰어넘은 토르는 사랑하는 망치를 손에 쥐고는, 놀라서 입이 떡 벌어진 트림의 머리에 내리쳤다. 트림은 즉사했고, 뒤늦게 일어나서 싸우려 한 다른 거인들도 치맛자락 휘날리며 망치를 휘두르는 토르의 손에 줄줄이 죽어 나갔다.

토르와 거인의 결혼식은 그렇게 끝이 났다.

로키가 좋은 일을 한 날

어느 날, 아스가르드를 거닐던 로키의 귀에 한 인간의 기도가 들렸다. 간절히 기도하는 사람은 농부였다. 로키에게만 올린 기도는 아니었다. 그는 오딘을 찾고, 회니르를 찾고, 로키를 찾으며 도움을 청했다.

절박한 상황에서 오딘을 찾아 기도드리는 것이야 이상한 일도 아니었다. 오딘은 아스가르드 신들 중의 신이요, 만물의 아버지이니 말이다. 회니르는 아스가르드와 바나헤임 사이의 전쟁이 끝났을 때, 바나헤임에 인질로 갔다가 미미르의 지혜로운 조언이 없으면 대단치 않다는 사실이 드러나 버린 신이었지만, 오딘이 인간을 창조할 때 거든 몫이 있으니 또 그렇다 칠 수 있었다.

그러나 로키? 로키가 누구인가. 로키는 주로 아스가르드에서 지냈지만, 아스 신족도 아니고 반 신족도 아니었다. 거인족도 아니고 엘프도, 드워프도 아니었다. 아무도 로키가 어디에서 왔는지 알지 못했다. 오딘의 의형제라는 말도 있고, 토르의 친구라는 소리도 있었으며, 누군가는 로키가 거인의 아들이라고도 했다.

로키가 아스가르드에서 빼놓을 수 없는 존재인 것은 사실이었다. 신들이 곤경에 처했을 때 묘책을 내어 해결한 적도 여러 번이었다. 그러나 애초에 로키 때문에 곤란한 일이 생길 때도 많았다.

잘생기고 말재주가 좋은 로키는 끊임없이 신들을 골탕 먹이고 심한 장난을 치며 누군가를 곤경에 밀어 넣었다가 구해 주거나 반대로 구해 주고 곤경에 빠뜨리기도 하는, 종잡을 수 없는 변덕의 소유자였다. 시프 여신의 눈부신 금발을 싹 밀어 버렸던 일은 어떠하며, 황금 사과를 관리하는 이둔 여신을 납치했던 일은 또 어떤가. 물론 시프에게는 드워프들이 만든 아름다운 금발을 돌려준 데다가 신들이 쓰는 귀한 무기들을 구해 왔고, 이둔 여신도 다시 되찾아 오기는 했지만, 처음부터 로키가 아니었다면 터지지 않았을 일들이었다. 성격도 종잡을 수가 없어서, 토르를 하인처럼 수행할 때가 있는가 하면 오딘에게 욕설을 퍼붓기도 했다.

아무리 좋게 보아도 구원을 청하기에 적당하지는 않았다. 그런 로키에게 살려 달라, 도와 달라 비는 인간이 있다니. 그러나 다시 들어 보아도 분명 농부는 셋의 이름을 부르며 울부짖고 있었다.

"오, 오딘이시여, 회니르시여, 로키시여, 저를 구해 주십시오. 제 아들을 구해 주십시오."

흔치 않은 일이라서 로키도 흥미가 생겼던 걸까. 아니면 그저 그 순간의 변덕이었을까. 로키는 오딘과 회니르까지 설득하여 농부의 기도를 들어 보기로 했다.

무슨 일인지 알아보니 이 농부가 오가다 만난 이와 장기를 두었는데, 내기가 벌어져서 시합에 지면 무조건 상대가 요구하는 한 가지를 주기로 했다는 것이었다. 모두가 알다시피 신이든 드워프든 인간이든 내기는 거절하지 않는 법. 그러나 알고 보니 농부의 시합 상대는 요툰헤임거인인 스크림슬리였다. 스크림슬리는 당연히 인간이 이길 수 있는 상대가 아니었다. 그는 이기고 나자 본색을 드러내며 농부의 하나뿐인 아들을 요구했다. 그리고 다음 날 아이를 데리러 오겠다고 했다.

농부가 애걸복걸하며 매달리자 스크림슬리는 짐짓 자비를 베푸는 척하며 한 가지 조건을 달아 주었다. 농부가 아이를 기가 막히게 잘 숨겨서 자기가 하루 안에 찾지 못한다면 데려가지 않겠다는 것이었다. 농부는 바로 그 조건을 놓고 기도했다.

"오딘이시여, 신들 중 가장 지혜로운 신이시여, 요툰헤임의 거인이 따르지 못할 그 지혜를 발휘하시어 저희 아들을 숨겨 주십시오. 회니르시여, 그 지혜로움 때문에 바나헤임에 가게 되었던 신이시여, 그 드높은 지혜를 발휘하시어 저희 아들을 숨겨 주십시오. 로키시여, 끊임없는 계책과 간계를 내는 놀라운 분이시여, 그 지혜를 발휘하시어 저희 아들을 숨겨 주십시오."

셋은 그 청을 받아들이기로 했다. 오딘이 말했다.

"청을 받은 대로, 내가 먼저 손을 써 보지."

오딘이 성공한다면 회니르와 로키가 끼어들 필요도 없을 터였다. 오딘은 밤사이에 들판에 거대한 밀밭을 만들어 내고, 농부의 아들 로그너를 밀 한 알로 바꾸어 숨겼다.

아침이 되자 스크림슬리가 오더니, 드넓은 밀밭을 보고는 밀을 모두 베어 내기 시작했다. 아무리 대단한 거인이라 해도 그 밀밭을 모두 베어 내려니 한나절이 걸렸다. 그러나 그는 결국 해가 지기 전에 로그너가 숨은 밀알을 찾아내어 손에 잡았다. 밀알로 변한 로그너는 크게 놀라 소리를 질렀고, 그 순간 잽싸게 오딘이 그를 낚아챘다. 다행히도 싸움이 되기 전에 해가 떨어졌다.

스크림슬리가 입을 열었다.

"해가 지기 전에 찾았으니 나의 승리다."

오딘이 반박했다.

"아니, 해가 이미 떨어졌으니 네가 졌다."

해가 지기 전이라면 스크림슬리가 이긴 것이요 해가 진 후라면 진 것이었겠지만, 해가 떨어지는 순간이었으니 이도 저도 아니게 되었다. 평행선을 달리던 둘의 공방은 결국 다음 날 스크림슬리가 숨겨진 아이를 다시 찾기로 하고 마무리되었다.

다음 날 로그너를 숨기는 일은 회니르가 맡았다. 그는 아이를 깃털로 바꾼 후에 백조의 가슴팍에 난 깃털 사이에 숨겼다.

하루 종일 수색하던 스크림슬리는 호수에 앉은 백조 가슴팍의 다소 엉뚱한 곳에 깃털이 나 있음을 알아차렸다. 그는 옳다구나 하며 그 깃털에 손을 뻗었다. 그러나 상황을 지켜보던 회니르가 급히 돌풍을 일으켜 깃털을 날려 보냈고, 스크림슬리가 그 깃털을 잡기 전에 해가 졌다.

술래잡기 내기는 사흘째로 넘어갔다. 이제 기다리던 로키 차례였다. 로키는 밤에 소년 로그너를 작은 배에 태워 바다로 데리고 나갔다. 그리고 물고기를 몇 마리씩 끌어내며 뒤져서 알밴 암컷을 찾아낸 후, 소년을 작디작은 물고기 알로 바꾸어 그 배 속에 집어넣고 바다로 돌려보냈다.

다음 날 스크림슬리는 막 바닷가에서 돌아온 로키를 발견하여, 배를 타고 곧장 바다로 나갔다. 오딘이나 회니르는 지금까지 스크림슬리가 로그너를 찾아다니는 동안 관여하지 않고 물러나 있었지만, 로키는 달랐다. 스크림슬리가 배를 타고 움직이자 같이 가겠다고 우겼다. 만약의 사태를 대비하여 계속 가까이 있고 싶었기 때문이다.

예상대로였다. 바닷속에 숨겼다면 물고기와 관련 있을 거라 짐작한 스크림슬리는 낚시를 하며 물고기를 연이어 잡았다. 그리고 그중에 로키가 손댄 물고기가 있었다. 로키는 황급히 배가 고프다고 하며 잡은 고기를 먹어도 되겠느냐고 했다. 그러나 스크림슬리는 들은 체하지 않고 잡은 물고기들을 한참이나 뒤져서 결국 소년이 숨은 알밴 암컷을 찾아냈다. 결국 또 그가 이길 판이었다.

그러나 로키는 승복할 마음이 없었다. 그는 스크림슬리의 손이 닿기 직전에 재빨리 물고기를 낚아채어 육지로 날아갔고, 소년을 다시 원래 모습으로 되돌린 후 도망치라고 일렀다. 다만 집으로 가는 길에 반드시 작은 배들을 둔 창고를 질러가라고 했다.

육지로 날아온 스크림슬리가 재빨리 추적을 시작했다. 아이는 전력을 다해 집으로 도망쳤지만, 변신 마법을 쓰는 데다 엄청난 힘을 지닌 스크림슬리를 따돌릴 수 있을 턱이 없었다. 아이는 로키가 일러 준 대로 창고를 통과했다.

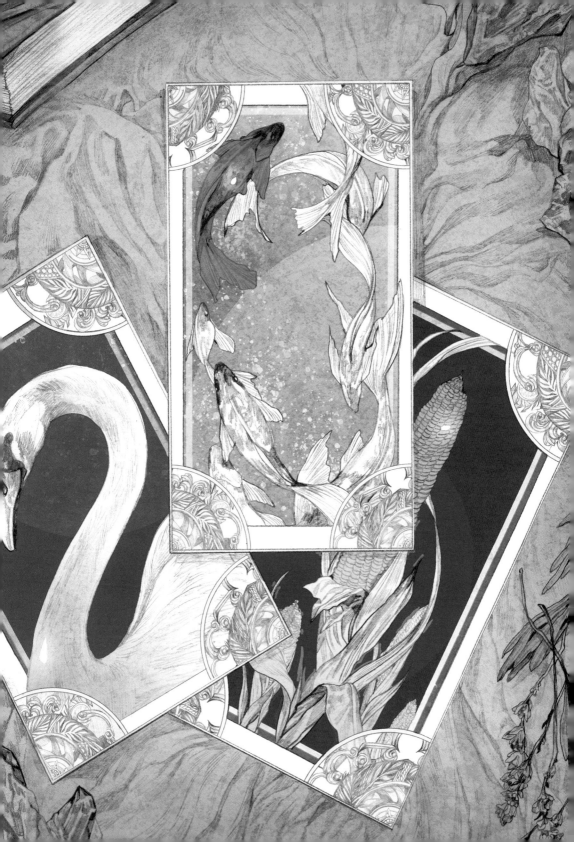

창고 안에서는 로키가 함정을 파고 기다리고 있었다. 로키가 설치해 둔 긴 창이 소년을 따라 뛰어 들어간 스크림슬리의 머리를 정통으로 꿰뚫었다. 스크림슬리는 그대로 쓰러졌지만, 그 정도로는 죽지 않았다. 로키가 쓰러진 그의 두 다리를 잘랐지만, 잘린 다리가 다시 몸통에 붙어 버렸다. 로키는 두 다리를 다시 자르고 달군 쇠로 그 상처를 지져 버렸다. 이제는 다리가 붙을 수가 없었고, 스크림슬리도 결국 죽고 말았다.

소년은 집에 무사히 돌아갔고, 이제 농부 가족은 두려워할 필요가 없어졌다. 로키가 내기의 계약을 어겼기 때문에 가능한 일이었으므로, 로그너 가족은 그저 로키에게 감사의 경배를 바칠 뿐이었다.

훗날 이 일을 신기하게 여긴 누군가가 로키에게 물었다.

"인간 소년 하나를 구하느라 스크림슬리를 죽였다면서요. 그 아이에게 뭔가 특별한 데가 있었나요?"

로키는 히죽 웃으며 대답했다.

"그 아이에게 특별한 게 뭐 있으려고."

"그렇다면 왜 그 아이를 지키려고 거인과의 게임에서 반칙까지 쓴 겁니까?"

"반칙이 뭐 대수라고. 그 아이의 아버지가 나에게 기도를 올렸는데, 나만이 아니라 오딘과 회니르와 나를 같이 불렀지. 그래서였어."

"그래서라면……?"

"오딘과 회니르가 못한 일을 내가 해내면 재밌잖아!"

과연 그러했다. 이것이 변덕스러운 로키가 인간을 도와준 일이다.

이길 수 없는 대결

토르가 거인들의 땅 요툰헤임으로 여행을 떠났던 때의 일이다. 물론 토르가 요툰헤임을 여행하는 것은 흔한 일이었다. 그는 한번씩 요툰헤임을 여행하다가 시비가 붙은 거인들을 쳐 죽이곤 했다. 이번 여행에는 로키가 함께했고 토르의 종인 티알피도 따라왔는데 이 역시 드문 일이 아니었다. 그러나 이 여행에서 토르는 결코 잊을 수 없는 경험을 했다.

토르와 로키와 티알피가 요툰헤임의 황야를 가로지르니 시커먼 바다가 나왔다. 토르는 깊은 바다를 건너 반대쪽 바닷가에 이르렀다. 이전에 와 본 적 없는 곳이었다. 바다에서 먼 쪽으로 조금 더 걷다 보니 거대한 숲이 나왔는데, 걷고 또 걸어도 끝이 보이지를 않았다. 발이 빠른 티알피는 토르의 짐을 일부 짊어지고 앞장서서 걷고 있었지만, 숲은 끝이 보이지 않고 먹을 만한 것도 보이지 않았다.

밤이 되도록 걷던 일행은 빈 저택과 맞닥뜨렸다. 보통 이 지역의 집은 나무로 지어 방을 나누지 않고, 큰 공간에 화덕과 잠자리가 다 같이 있는 홀이었다. 그런데 이 저택은 지붕이 둥글고, 알 수 없는 재질로 만들어져 있었으며 작은 방이 하나 딸려 있었다. 일행은 그곳에서 밤을 보내기로 했다.

한밤중, 지진이 나는 바람에 일행 모두가 화들짝 놀라 깨어났다. 땅이 출렁거리고, 집이 부서질 듯 흔들렸다. 우르릉, 우르릉 소리가 났다. 토르의 천둥소리와 비슷한 듯하면서도 달랐다. 겁에 질린 로키와 티알피는 집 안쪽, 작은 방으로 기어 들어갔고, 토르는 묠니르의 손잡이를 단단히 쥔 채 문지방에 앉아서 무슨 일이 일어날지 기다렸다.

모두가 뜬눈으로 밤을 새우고, 아침이 되어 날이 밝고 보니 숲에 거대한 남자가 하나 누워 있었다. 거인이었다. 거인이라고 해도 몸집이 유난히 컸다. 이 거인은 숲에 드러누워 드르렁드르렁 코를 골다가, 한번씩 몸을 요란하게 뒤척였다.

"그 지진과 천둥소리가 저거였군."

토르는 문득 깨닫고 중얼거렸다. 그는 거인과 맞붙을 일에 대비하여 힘을 늘려 주는 허리띠를 졸라매고 묠니르를 단단히 쥐었다. 거인이 깨어나 몸을 일으키는 순간, 토르는 평소처럼 바로 뛰쳐나가 묠니르로 거인의 머리를 때리지 않고 이름을 물었다.

"내 이름은 스크리미르다. 잠깐, 네 이름은 말하지 않아도 안다. 거인들 사이에 명성 자자한 토르가 아니냐."

그 말대로 거인들 사이에 악명 높은 토르이건만, 스크리미르는 조금도 무섭지 않다는 듯 태연하기만 했다. 예전에 토르를 상대로 결투를 하자고 큰소리쳤던 흐룽니르의 허세와는 다른 담담한 모습이었다. 스크리미르는 망치를 쥔 토르를 보지 않고 주위를 두리번거리더니 말했다.

"그나저나 내 장갑에서 뭘 하고 있었던 거냐?"

스크리미르가 손을 뻗어 장갑을 집어 들자, 그제야 토르는 이제까지 일행이 밤을 보낸 곳이 거인의 장갑 안이었음을 알았다. 토르는 경계심을 한층 높일 수밖에 없었다.

'이 거인은 이제까지 내가 상대했던 놈들과는 달라. 조심하며 살펴야겠다.'

무턱대고 덤벼들기에는 조심스러운 느낌이었다. 보통 때라면 이쯤에서 왜 거인에게 덤벼들어 망치를 날리지 않느냐고 놀릴 터인 로키도 거대한 장갑에 놀랐는지 조용했다.

스크리미르는 그런 사실을 아는지 모르는지, 태연히 여행 식량을 꺼내며 물었다.

"어딜 여행하는 중인지 모르겠지만, 방향이 같다면 같이 가지?"

"발길 닿는 대로 여행하는 중이니 그러지."

토르는 담대히 대꾸하고 티알피에게 신호를 보내어 아침 식사를 준비시켰다.

문제는 그 후에 일어났다. 각자 아침 식사를 잘하고 짐을 꾸려 일어날 때, 누가 나서기도 전에 스크리미르가 여행 식량을 한꺼번에 자기 자루에 쓸어 넣고 묶어 짊어진 것이다. 무거운 짐을 지지 않게 된 티알피는 잠시 기뻤지만, 식량이 모조리 담보로 잡힌 셈이라 일행 모두가 거인의 큰 걸음을 바삐 쫓아가야 했다. 스크리미르는 거인답게 성큼성큼 걸었고, 특별히 빨리 걷지 않아도 토르 일행보다 빠를 수밖에 없었다. 하루 종일 헉헉대며 뒤를 쫓은 일행은 날이 어두워지고 스크리미르가 걸음을 멈추자 안도의 숨을 내쉬었다.

"종일 걸었더니 한숨 자고 싶군. 자, 내가 지금까지 짐을 지고 왔으니 저녁 식사 준비는 알아서들 할 수 있겠지?"

스크리미르는 자루를 내려놓고 떡갈나무 아래 판판한 곳을 찾아 나무뿌리를 베고 눕더니, 바로 코를 골기 시작했다.

토르는 이리저리 휘둘러서 언짢은 마음으로 식량 자루를 집어 들었다. 그런데 어처구니없고 믿을 수 없게도, 자루 끈을 풀 수가 없었다. 아스가르드 신들 중에서 가장 힘이 센 토르가, 식량 자루를 묶은 끈 하나 풀지 못하다니 있을 수 없는 일이었다. 약이 오른 토르는 이리저리 매듭을 당기고 용을 썼다. 보다 못한 로키가 칼을 들고 나섰다.

"그냥 잘라서 열면 되잖아."

"안 돼!"

토르는 버럭 소리를 질렀다. 칼로 잘라서 자루를 연다면, 토르가 자루 끈을 풀지 못했다는 사실을 명명백백하게 보여 주는 셈이 될 터였다.

"그렇다고 이대로 자루를 내버려 두어도 못 풀었다는 사실이 드러나긴 마찬가지잖아?"

로키가 가볍게 말하며 어깨를 으쓱였다. 맞는 말이었다. 그러나 맞는 말이어서 토르는 더욱 격분했다.

"이 거인 놈이!"

토르는 격분한 채 묠니르를 집어 들고 드러누운 스크리미르에게 망치를 날렸다. 묠니르는 반드시 상대의 머리에 적중하게 되어 있는 망치였기에, 스크리미르의 머리를 세게 때렸다.

"음? 뭐야. 나뭇잎이 떨어졌나."

스크리미르가 졸린 목소리로 중얼거리며 일어나 머리를 긁었을 때는 토르도 한 방 맞은 기분이었고, 로키도 질린 얼굴이 되고 말았다. 스크리미르는 천연덕스러운 얼굴로 토르를 보고 물었다.

"저녁은 먹었나? 나는 별로 생각이 없어 그냥 잘까 봐."

토르 평생에 다시없을 굴욕이었다. 토르가 차마 말을 못 하는 사이 로키가 얼른 대답했다.

"그래. 우리는 알아서 저녁 먹었으니 자라고. 우리도 곧 잘 거야."

스크리미르는 곧 다시 잠들어서 요란하게 코를 골아 댔지만, 토르는 잠을 이룰 수가 없었다. 그는 묠니르 손잡이를 잡았다 놓았다 하면서 번민하다가 결국 망치를 다시 집어 들고 스크리미르를 노려보았다.

잠자는 상대를 진심으로 노린다는 게 비겁한 줄은 알지만, 도저히 참을 수가 없었다. 토르는 이제까지 누군가를 상대로 온 힘을 다해 본 적이 없었다. 토르는 양손에 침을 퉤퉤 뱉고 묠니르를 움켜쥐고는, 통나무 같은 가슴팍이 부풀어 오르도록 숨을 깊이 들이마시고, 온 힘을 다하여 망치를 때려 박았다. 한 번에 그치지 않고 망치를 들어 때리고, 또 때렸다. 스크리미르의 머리가 떡갈나무 뿌리 사이로 파고들 정도였다. 그리고 조금은 후련해진 기분으로 자러 갔다.

그러나 이게 웬일인가. 아침이 되자 스크리미르가 큰 소리로 외치는 게 아닌가.

"이봐, 여기 모기가 많은가 봐. 밤에 모기가 자꾸 달려드는 통에 잠을 설쳤지 뭐야."

토르의 망치가 모기 취급을 받는 날이 오다니! 토르가 체면이 상하는 일이야 아주 없지는 않았지만, 이렇게까지 자존심이 상하고 두려워진 날은 처음이었다. 그러나 어찌하겠는가. 도망칠 수는 없었으니, 토르는 이를 악물고 얼굴을 구기며 스크리미르와 여행을 계속했다.

토르에게 다음 기회는 오지 않았다. 스크리미르는 반나절 정도 토르 일행과 함께 걷다가 명랑하게 말했다.

"나는 저기 보이는 저 산으로 가야 해. 저쪽에 볼일이 있는 게 아니라면 여기서 이만 헤어져야겠군. 집으로 돌아가지 않을 거라면 동쪽으로 더 가 보게나. 우트가르드라는 요새가 있다네. 한번 가 볼 만한 곳이지. 다만 거길 가거든, 우트가르드의 주인에게는 나한테처럼 대하지 않는 게 좋아. 우트가르드 로키는 나보다 더 크고 강한 데다, 자네처럼 작은 남자가 함부로 구는 걸 봐주지 않거든."

토르에게 다시없을 굴욕이었으나, 쾌활하게 걸어가 버리는 스크리미르를 어떻게 할 방법이 없었다.

문득 새로 제시된 목적지의 주인 이름이 로키라는 점이 마음에 걸렸다. 그렇지 않아도 이번 여행 내내 로키가 평소보다 조용한 데다, 적극적으로 나서지 않는다는 점도 스쳐 지나갔다. 그러나 옆을 돌아보니 정작 로키는 토르의 눈치를 보며 어렵사리 이런 말을 꺼냈다.

"거참, 이번 여행은 여러모로 희한하군. 이런 경험은 처음이야. 마가 낀 것 같은 기분도 들고, 꿈속을 헤매는 것 같기도 하고…… 그만 아스가 르드로 돌아가는 건 어떨까?"

토르는 입을 꽉 다물고 동쪽으로 걸어갔다. 로키와 티알피도 따라가 는 수밖에 없었다.

동쪽으로 걷다 보니 과연, 황무지에 세 개의 산봉우리를 등진 요새 가 하나 나타났다. 크기도 엄청나지만 높이가 엄청나게 높았다. 처음에 는 아스가르드에 비하면 대단치도 않군 했던 일행도 다가갈수록 커지 는 요새에 목이 아프도록 고개를 뒤로 꺾어야 했다. 이런 엄청난 요새가 요툰헤임에 있었다니, 실감이 나지 않았다. 다다른 것 같았다가도 더 걸 어야 했고, 다다른 것 같았다가도 또 걸어야 했다. 겨우 문 앞에 도착했 을 때는 해가 다 졌다.

거대한 문 앞에 서니 토르와 로키 같은 위대한 신들도 초라했다. 굳 게 닫힌 요새 문을 본 토르는 문을 탕탕 두드렸다. 꿈쩍도 하지 않았다. 마음을 다잡고 힘껏 흔들어 보아도 소용이 없었다. 결국 일행은 문을 열 기를 포기하고, 문틈으로 비집고 들어갔다.

요새 안에는 거대한 연회장이 하나 있었고, 그 문은 열려 있었다. 토 르가 앞장서서 안으로 들어가 보니, 연회 중인지 많은 이들이 긴 의자에 앉아 있었고, 여기저기 화덕에 불이 지펴져 있었으며, 벽을 따라 늘어선 횃불꽂이에 횃불이 밝았다. 그리고 연회장 맨 끝에는 이 요새의 주인으로 보이는 자가 단 위에 앉아 있었다. 이 연회장에 앉아 있는 모두가 보통 때 보던 거인들보다도 더 클 뿐 아니라 요새 주인은 더욱 컸다.

"저게 우트가르드의 로키인가."

토르는 중얼거리며, 저도 모르게 주눅이 든 마음을 떨쳐 버리려 가슴을 폈다.

그러나 토르 일행이 거인들의 주목을 받으며 걸어가는 동안에도 우트가르드의 로키는 심드렁한 표정으로 비스듬히 앉아 있을 뿐, 그들에게 눈길 한번 주지 않았다. 토르는 왕좌 앞까지 걸어가서 큰 소리로 말했다.

"안녕하시오. 이 요새의 주인에게 인사드리오."

옆에 서 있던 로키가 눈썹을 움직거렸다. 토르치고는 꽤나 예의를 차린다 싶었다. 이 땅에 와서 겪은 일들이 있다 보니 할 수 없겠지만.

그러나 우트가르드 로키는 코웃음을 치며 무례하게 답했다.

"그래. 그대가 누군지는 안다. 아스가르드의 토르. 신들 중에 가장 강력한 신이라지? 오늘 직접 보니 그 명성이 의심스럽군."

그는 토르에게 반박할 틈을 주지 않고 이어서 바로 말했다.

"내 성은 아무나 연회 손님으로 받지 않는다. 손님 대접을 받으려면 특별한 재주를 하나는 갖고 있어야 하지. 그대들에게는 어떤 재주가 있는가?"

로키가 나서서 가슴을 두드렸다.

"나야 재주가 여러 가지 있지만…… 일단 나보다 빨리 먹는 자는 없을 것이오."

티알피는 슬쩍 눈치를 보다가 자신 있는 분야를 말했다.

"저는 빨리 달릴 수 있습니다."

그리고 물론 토르가 자신하는 분야는 힘이었다.

우트가르드의 로키는 냉엄하게 말했다.

"좋다. 그런 재주가 있다면 내 연회장에 앉아서 술과 고기를 받을 자격이 있지. 그러나 말만 듣고 어떻게 사실이라고 믿겠는가? 내 식솔 가운데 하나와 겨뤄서 너희들의 재주를 증명해 보아라."

이렇게 무례한 대접은 받은 적이 없었지만, 그렇다고 박차고 나간다면 위신이 상할 일이었다. 토르와 로키, 티알피가 결심을 굳히고 고개를 끄덕이자 우트가르드의 로키는 긴 의자에 앉아 있던 이들 중에 하나를 불렀다.

"로기, 이리 나오너라."

그리고 그는 하인들에게 일러 수레에 산더미 같은 고기를 실어 오게 했다. 이 지역은 양이나 소도 거인과 같은 크기인지, 비유가 아니라 정말로 고기 산더미였다. 고기 수레를 가운데에 놓고, 로키와 로기가 각각 반대편에 자리를 잡고서 대결이 시작되었다.

로키가 괜히 자신한 게 아니었다. 무서운 속도로 뼈에서 살을 발라내어 입속에 던져 넣는 로키의 모습을 보며 토르와 티알피도 감탄했다. 그렇게 빨리, 많이 먹는다는 건 배고플 때의 토르라 해도 어려운 일일 터였다.

그러나 산더미 같은 고기를 다 먹어 치우고 딱 가운데에서 로키와 로기가 마주친 순간, 토르도 티알피도 놀라고 말았다. 양쪽이 먹어 치운 속도는 같았지만, 로키가 뼈를 발라내고 살점만 먹는 동안 로기라는 거인은 뼈도 먹어 치우고 수레까지 다 씹어 먹었던 것이다.

우트가르드의 로키가 냉엄하게 선언했다.

"과연 잘 먹는군. 그러나 너는 졌다."

충격에 오래 빠져 있을 새가 없었다. 티알피가 바로 나섰다.

"제가 달리기 경주를 해 보겠습니다."

우트가르드의 로키는 티알피와 경주할 상대로 후기라는 거인을 지명했다. 요새 바깥으로 나가 보니 달리기 경주에 딱 맞는 경주 코스가 있었다. 깃발이 꽂혀 있는 곳까지 직선으로 달려갔다가 깃발 옆을 돌아서 되돌아오면 한 바퀴였다.

티알피는 토르도 인정할 만큼 발이 빨랐지만, 후기는 믿을 수 없이 빨랐다. 티알피가 겨우 깃발까지 가는 사이에 후기는 이미 깃발을 돌아서 출발선으로 돌아와 있었다.

"제법 빠르구나. 경주는 삼세번 하도록 하지. 이번에는 좀 더 빨리 달려 보아라."

우트가르드의 로키는 태연히 말하고, 두 번째 출발 신호를 올렸다.

이번에는 티알피가 죽도록 달려서 전보다 더 빨라졌지만, 그래도 티알피가 깃발을 돌아 반쯤 왔을 때 후기는 이미 깃발을 돌아서 출발선으로 돌아와 있었다.

"정말 잘 달리는구나. 한 번만 더 시도해 보아라."

세 번째 출발 신호가 올랐지만, 이번에 티알피는 오히려 전보다 느려졌다. 두 번이나 죽을힘을 다해 달린 탓에 힘이 다한 것이다. 후기는 지치지도 않는지, 티알피가 깃발까지 가지도 못했는데 벌써 출발선으로 되돌아왔다.

변명할 여지가 없는 패배였다. 티알피가 어깨를 축 늘어뜨리고 있자, 우트가르드 로키는 토르를 돌아보았다.

"어떤 대결을 해 보겠는가? 힘이 세다고 하니, 무거운 물건을 드는 대결을 하겠나?"

토르는 잠시 생각했다. 본래 생각대로라면 무거운 물건을 들거나 던지는 대결을 하려 했지만, 스크리미르와 있었던 일이 마음에 걸렸다. 그는 무거운 마음으로 말했다.

"아니, 괜찮다면 나는 술 마시기 시합을 하겠소. 나보다 술을 잘 마시는 자는 없을 것이오."

우트가르드의 로키는 평온한 얼굴로 고개를 끄덕였다.

"좋다. 그렇다면 이렇게 하지."

토르는 이전 두 번과 마찬가지로 우트가르드의 로키가 술 잘 마시는 거인을 하나 지명할 줄 알았지만, 이번에는 방법이 달라졌다. 우트가르드의 로키는 연회장으로 돌아가더니 술잔 담당 시종을 불렀다.

"내 술잔을 가져오너라."

술잔 담당 시종 두 명이 찰랑찰랑하게 술이 가득 찬 뿔잔을 힘겹게 들고 왔다. 그것은 특별한 술잔이었지만, 흔히 보는 모양이기도 했다. 이들이 주로 쓰던 뿔잔은 소나 염소의 뿔로 만들었는데, 이 지역에서는 황소의 경우에도 일을 시키겠다고 뿔을 자르거나 하지 않았기에 몸집이 큰 황소일수록 뿔도 길게 자라났다. 우트가르드의 뿔잔은 입구가 크지는 않았으나 특히 길어서 두 번 정도 굽은 후의 끄트머리가 바닥에 닿을 정도였으며, 끝을 잘라 내거나 받침대를 만들어 붙이지 않고, 있는 그대로의 모양에 입을 대는 쪽과 뿔 끝에 은을 입히고 표면에 조각을 한 아름다운 잔이었다.

우트가르드의 로키가 말했다.

"이 연회장에서 술을 아주 잘 마시는 이들은 단숨에 이 술잔을 비우고, 그보다 좀 못하면 두 번에 걸쳐 비우곤 한다. 세 번에 나눠 마시는 자들은 경멸을 받지. 어디 한번 시도해 보겠는가?"

토르는 술잔을 받아 들며 의아한 마음을 지울 수 없었다. 긴 뿔잔이니 술이 제법 들어가기는 하겠지만, 마침 목이 마른 토르가 그 술을 단숨에 비울 수 없다고는 믿을 수가 없었다. 그는 호기롭게 웃으며 술잔을 입에 댔다.

그러나 이게 웬일인가. 토르가 목마름을 다 해소하고 더 마시는데도 술잔에 바닥이 보일 기미가 없었다. 토르는 한껏 마시다가 결국 숨이 차서 멈추고 말았다. 숨을 내쉬고 나서 술잔을 보니, 놀랍게도 술잔은 거의 마시지도 않은 듯이 찰랑찰랑 차 있었다.

우트가르드의 로키가 비웃음을 머금고 말했다.

"나쁘지는 않았다만, 아스가르드의 토르가 고작 이 정도 술꾼이라니…… 말해도 못 믿을 것이다."

토르는 벌컥 성이 나서 대꾸했다.

"아직 더 마실 수 있다."

한 번에 비우지는 못했다 해도, 이번에는 다르리라. 토르는 작심하고 심호흡을 한 후에 술잔을 다시 기울였다. 꿀꺽, 꿀꺽, 꿀꺽, 꿀꺽. 술이 파도처럼 토르의 목으로 넘어갔다. 이제는 토르도 이 술잔이 평범하지 않으며 뭔가 마법이 걸려 있음을 짐작했다. 그러나 마법이 걸려 있으면 걸린 대로, 박살을 내야만 속이 풀릴 터였다.

그런데 토르가 들이마시기를 멈추고 술잔을 내려다보니, 아직도 처음과 거의 다를 바 없이 술이 찰랑찰랑 차 있었다. 우트가르드의 로키가 웃음을 머금었다.

"저런, 저런. 안타깝군. 좋다. 기대보다는 못하지만 세 번으로 잔을 비운다면 그래도 그 재주를 인정해 주지. 아니면 지금 포기하고 우트가르드의 누구보다 못한 술꾼이라고 인정해도 좋고."

토르의 눈에 불꽃이 튀었다. 정말로 화가 났다는 뜻이었다. 그는 더 말하지 않고 술잔을 들어 고개를 젖히고 벌컥벌컥 술을 들이마셨다. 분이 가시지 않아 그런지 붉은 수염 주위에 번개가 이리저리 튈 지경이었다. 그러나 그렇게까지 작정하고 술을 들이부었는데도 결국 숨이 차서 멈췄을 때, 술잔의 술은 조금밖에 줄어들지 않았다.

토르의 격분도 사그라들었다. 이제는 인정할 수밖에 없었다. 그는 고개를 절레절레 내저으며 술잔을 내밀었다.

"대단한 술잔이군. 아스가르드에서 이 정도 술이 보잘것없다고 한다면 모두가 놀랄 것이다. 내가 졌다."

뜻밖에도, 이제까지 비웃기만 하던 우트가르드의 로키는 어딘가 감탄한 얼굴로 토르를 보며 고개를 끄덕였다.

"듣던 대로 대단한 힘, 대단한 토르로군."

토르에게는 비꼬는 말로밖에 들리지 않았지만, 우트가르드의 로키는 잠시 생각하는 것 같더니 말했다.

"세 번 대결을 벌였고 셋 다 너희가 졌다. 다른 시합을 해 보겠는가?"

세 번의 대결을 벌여서 세 번 다 졌다면, 할 말이 없는 패배였다. 요새 주인이 바로 나가라고 하든, 시합을 다시 하자고 하든 두말없이 따라야 마땅했다. 토르가 고개를 끄덕이자 우트가르드의 로키는 온화하게 말했다.

"나에게 큰 고양이가 한 마리 있다. 이 연회장에 모이는 젊은이들은 놀이 삼아서 그 고양이를 들어 올리는 시합을 하곤 하지. 본래 내가 명성을 익히 들은 아스가르드의 토르라면 이런 놀이를 해 보라고 하는 게 실례이겠으나, 오늘 보니 그 힘이 생각보다 약하여 해 볼 만한 놀이가 되지 않을까 한다."

신호라도 받은 듯이 잿빛 털의 고양이 한 마리가 뛰어나왔는데, 과연 보통 고양이라고는 생각할 수 없는 크기였다. 토르의 몸보다 더 컸다. 그러나 몸집은 큰 의미가 없을 터였다.

토르는 바닥에 엎드린 고양이에게 다가가 배 쪽을 두 손으로 잡고 들어 올리려 했다. 고양이는 토르가 손을 들어 올리는 데 맞추어 허리를 높이 들어서 힘을 제대로 쓰지 못하게 했다. 토르는 이를 악물고 까치 발을 들며 힘을 썼으나, 고양이의 한쪽 발까지밖에 들어 올리지 못했다. 그 순간 우트가르드의 로키가 재빨리 말했다.

"내 생각대로군. 내 고양이가 워낙 큰데 토르는 작으니, 내 요새의 젊은이들보다 보잘것없다 해도 이해할 수 있는 일이다."

토르는 분을 참지 못하고 가슴을 폈다.

"계속 날 보고 작다, 작다고 하니 어디 그러면 여기에서 나설 마음이 있는 자와 레슬링을 해 보지."

우트가르드의 로키는 무표정하게 받아쳤다.

"내 연회장 어디를 보아도 그대와 겨룰 만한 레슬링 하수가 보이지 않는데."

모욕이 연달아 이어지니 토르는 속이 부글부글 끓어 화가 터질 것만 같았다. 우트가르드의 로키는 모욕을 더하려는 듯 느긋하게 말했다.

"내 유모인 엘리와 레슬링을 해 보면 어떨까? 늙은 여인이기는 해도 여러 남자를 땅에 메다꽂아 본 사람이다. 토르보다 힘이 부족하지 않은 사내들이었지."

우트가르드의 로키가 손짓을 하자 과연, 늙은 여인이 기다렸다는 듯이 연회장으로 들어왔다. 보기에도 평범하지 않았던 거대한 고양이에 비하면, 평범해 보이기까지 하는 여인이었다. 물론 그래도 거인이기는 했지만 말이다.

시합은 기묘하게 흘러갔다. 늙은 유모 엘리는 먼저 달려들지도 않았고, 기술을 먼저 쓰지도 않았다. 토르가 달려들면 같이 달려들고, 토르가 태클을 하려 들면 맞붙어서 버티고, 토르가 다리를 걸면 반대쪽 다리를 걸었다. 토르가 손아귀에 힘을 주면 똑같은 힘으로 맞섰다. 오랜 대치 상태가 이어지다가 엘리가 몸을 흔들기 시작하자, 토르의 발밑이 불안정해졌다. 둘은 그러고도 다시 오래 엎치락뒤치락했다.

토르의 한쪽 무릎이 바닥에 닿고 만 것은, 엘리의 힘에 밀려서가 아니라 오히려 예상치 못한 순간 엘리가 힘을 빼고 뒤로 물러서면서였다. 그 순간 우트가르드의 로키가 나서서 시합을 중단시키더니 말했다.

"이만하면 됐다. 시간이 많이 늦었으니 다른 자들과 더 겨룰 필요는 없겠지."

그는 짐짓 평온한 얼굴로 말을 이었다.

"시합에서는 모두 졌으나, 아스가르드의 토르가 기울인 노력을 높이 사서 내 손님으로 맞이하고 연회를 베풀겠노라. 남은 시간은 즐기도록 하라."

그 후의 대접은 이전의 모욕과 냉대가 거짓말처럼 융숭했다.

토르는 그 날 겪은 일들이 도무지 이해가 가지도 않았지만, 그렇다고 패배에 매달리지는 않았다. 토르의 분노는 번개가 치듯 갑작스럽고 강력했으나 또 번개처럼 순식간에 사라지기도 했으니, 단순 명쾌함이야말로 토르의 가장 큰 장점이었다. 그는 마음을 털어 내고 술과 고기를 즐겼으며, 우트가르드의 로키가 내준 잠자리에서 푹 잤다.

다음 날 아침, 느지막이 일어난 토르 일행은 다시 성대한 아침 만찬을 대접받고 나서 떠날 준비를 했다. 우트가르드의 로키는 직접 배웅에 나서기까지 했다. 육중한 요새 문이 천천히 열리고, 요새 밖으로 나가자 우트가르드의 로키가 토르를 돌아보고 말했다.

"이제 집으로 돌아가는 건가? 가기 전에 꼭 듣고 싶은데, 이번 여행이 어떠했나?"

토르는 머리를 긁적이며 웃었다.

"뭐, 생각지도 못한 망신의 연속이었다고 해야겠지. 이런 말을 하면 또 그릇이 작단 소리를 듣겠지만, 굴욕을 느꼈소. 하지만 세상은 아직 넓고 내가 모르는 것이 많다는 사실을 배우기도 했소."

우트가르드의 로키는 토르를 지긋이 바라보다가 고개를 끄덕였다.

"과연 아스가르드의 토르요. 그렇게 솔직하고 맺힌 데 없이 화통하다니, 큰 그릇이오. 그러니 이제 진실을 말해 주리다."

진실? 토르는 어리둥절해졌다. 우트가르드의 로키는 덤덤하게 말을 이었다.

"내가 살아 있는 한 그대는 두 번 다시 내 요새에 들어오지 못할 것이오. 아니, 애초에 그대가 이렇게까지, 소문 이상으로 강한 줄 알았더라면 안에 들이지도 않았겠지. 내 오판으로 큰 재난을 초래할 뻔했소."

그 정중한 태도는 이전과 사뭇 달랐다.

"전부 설명해 주리다. 속임수와 환각이 나의 재주이니, 오딘이나 프레이야가 직접 오지 않는 한 내 마법을 꿰뚫어 볼 수는 없다오. 처음에 나는 숲속에서 그대들과 마주쳤소. 스크리미르라는 이름을 댔지. 토르조차도 풀지 못한 매듭이란 실상 이음매가 없는 쇠고리였으며, 그대가 망치로 세 번 친 것은 내 머리가 아니라 땅이었소."

그리고 우트가르드의 로키는 요새 뒤편에 자리한 세 개의 봉우리를 가리켰다.

"보이시오? 그대의 망치에 맞아서 땅이 패어 계곡이 생기고, 흙이 솟아오르며 봉우리가 생겼소. 첫 번째보다 두 번째, 두 번째보다 세 번째 봉우리가 더 높이 솟아올랐지. 첫 번째만 해도 내가 직접 맞았다면 바로 죽었을 것이오.

세 번의 대결 또한 속임수였소. 로키는 자신한 대로 적수가 없을 만큼 빠르게 고기를 먹어 치웠소. 다만 로키를 상대한 로기는 들불이라, 로키만큼 빠를 뿐만 아니라 살과 뼈를 가리지 않고 수레까지 먹어 치웠지. 티알피 또한 자신한 대로 적수가 없을 만큼 빨리 달리더군요. 그러나 티알피를 상대한 후기는 나의 생각이었으니, 온 우주를 통틀어도 생각보다 빨리 달릴 수 있는 존재는 없는 법이오."

토르는 입을 딱 벌리고 듣고 있었고, 로키와 티알피는 그제야 자신감을 되찾고 외쳤다.

"과연 그런 것이었군!"

"이길 수 없었던 게 당연하군요!"

우트가르드의 로키는 빙긋 웃으며 말했다.

"그렇소. 불과 생각을 상대로 그 정도로 대결을 해냈으니, 둘 다 자부심을 가질 만하지. 하지만 정말 위험했던 건 토르와의 대결이었소. 그렇게까지 할 수 있을 줄이야."

그는 한숨을 길게 내쉬고 말했다.

"토르에게 한번에 다 마셔 보라고 내밀었던 뿔잔은 마법으로 바다와 연결해 둔 술잔이었소. 토르가 세 번에 걸쳐 들이마시는 바람에 수위가 내려갔을 때 내가 얼마나 놀라고 공포에 질렸는지! 술잔에 담긴 술은 얼마 줄지 않은 것처럼 보였겠지만, 돌아갈 때 바다를 건너면서 한번 보시구려. 바닷물이 얼마나 줄었는지."

토르는 화가 나기는커녕 이야기에 푹 빠져서 물었다.

"그러면 그 잿빛 고양이는 뭐였지?"

"미드가르드의 뱀 요르문간드였소."

"과연!"

"그러니 그대가 용을 써서 한쪽 발을 들어 올렸을 때 우리가 얼마나 공포에 질렸는지 모를 거요. 알다시피 요르문간드는 꼬리부터 머리까지 한 바퀴로 모든 세계를 감싸고 있으니, 그대로 들어 올렸다면 엄청난 지진이 찾아오고 땅이 쪼개졌겠지. 그대가 까치발을 들면서 고양이 허리를 들어 올렸을 때, 그 손은 하늘에 닿았던 것이오."

토르는 잠시 말이 없다가 다시 물었다.

"그러면 내가 레슬링을 한 늙은 여인은 뭐였소? 내 평생 그런 굉장한 상대를 만난 적이 없는데."

우트가르드의 로키는 크게 웃었다.

"당연한 이야기요. 엘리와 그렇게 오랫동안 맞붙어서 팽팽하게 겨루다니, 세상에 그런 재주를 지닌 자는 다시없을 것이오. 엘리는 세월이니 말이오. 거인이라 해도, 신이라 해도, 토르라 해도 세월을 이길 수는 없지요."

우트가르드의 로키는 거기까지 말하고 나서 정중하게 허리를 굽혀 인사했다.

"탄복했소, 탄복했어! 아스가르드의 토르는 과연 아홉 세계에서 가장 강한 신이오! 속임수가 아니었다면 나 또한 이길 수 없었을 테니, 우리 두 번 다시 만나지 맙시다!"

그제야 정신을 차린 토르가 망치를 쥔 손에 힘을 주었지만, 현기증처럼 세상이 잠시 흔들리더니, 그 말을 끝으로 우트가르드의 로키는 연기처럼 사라져 버렸다. 돌아보자 우트가르드 요새 또한 신기루처럼 흩어져 사라지고, 토르와 로키와 티알피는 허허벌판에 서 있었다.

토르는 자신감을 회복했으나, 속임수라 해도 우트가르드의 로키에게 끝까지 농락당했다는 생각을 지울 수는 없었다. 토르는 잠시 끓어오르는 분노 속에 서 있다가 한숨을 내쉬었다.

문득 기이한 느낌이 스쳐 지나갔다. 토르가 경험한 적 없는 느낌, 분노도 아니고 유쾌함도 아니며 마치 아직 일어나지 않은 일에 대해 돌아보는 듯한 기묘한 느낌이었다.

그때 토르의 눈에 로키의 모습이 비쳤다. 평소 같았으면, 꿈속에서 홀린 듯한 이상한 일들을 겪으면 우선 로키부터 의심했으리라. 로키가 내내 곁에 있지만 않았어도 그랬을 터였다.

"휴우! 세상에 굉장한 마법사가 다 있군. 이 정도면 오딘이 직접 상대한다 해도 쉽지 않겠어. 안 그래? 오딘이라도 못 이길 상대이니 우리가 졌다고 분할 것도 없지! 다시 만날 일은 나도 없었으면 좋겠는걸!"

로키의 과장된 쾌활함에 토르의 이상한 기분도 날아가 버렸다.

"돌아가자."

토르, 로키, 그리고 티알피는 갔던 길을 되짚어 아스가르드로 돌아갔다.

이 이야기에는 후일담이 있다. 토르는 분을 깊이 담아 두는 성격이 아니었지만, 우트가르드의 로키에 대해서만큼은 가끔 생각했던 모양이다. 그러나 다시 만난다 해도 그 속임수를 꿰뚫어 볼 수 있을지 자신은 없었고, 바다를 다 들이마시거나 세월과 힘을 겨뤄 이길 수도 없었다. 그렇다면 설욕전을 벌일 만한 상대는 하나밖에 남지 않는다.

바닷가로 여행을 떠난 토르는 히미르라는 거인의 집에 들르게 되었다. 손님은 환대해야 하는 것이 마땅하기에, 히미르는 상대가 토르라는 사실을 모르고 잘 대접했다. 그러나 토르가 황소를 세 마리나 먹어 치우는 바람에 당황한 그는 다음 날 아침에 퉁명스럽게 말했다.

"아침 먹을 게 마땅치 않군. 물고기를 잡으러 가세."

마침 잘됐다 싶은 토르는 선뜻 고기잡이에 따라나섰다. 히미르는 약간 심술이 나 있던 터라, 자기가 쓸 그물과 낚싯대, 고기잡이용 미끼를 챙기고 토르 몫은 제대로 챙겨 주지 않았다.

"자네가 쓸 낚싯대와 미끼를 챙겨야지."

히미르가 배를 타기 전에 그렇게 말하자, 토르는 역시 선뜻 숲으로 들어갔다. 그리고 히미르의 소 떼를 찾아서 특별히 큰 황소를 죽여 그 머리를 자르고, 숲에서 제일 큰 참나무를 뽑아 들고 히미르의 배로 돌아갔다.

"이게 내 낚싯대이고, 이게 내 미끼요."

가장 큰 황소와 참나무를 잃게 된 히미르는 더욱 화가 났지만, 그 자리에서 화를 낼 수는 없었다. 게다가 양손에 참나무 한 그루와 거대한 황소 머리를 든 모습을 보니 힘이 보통 센 것이 아니지 않은가. 히미르는 화를 참고 배를 바다로 밀었다.

잠시 노를 젓자 순식간에 깊은 바다가 나왔다. 히미르는 배 반대쪽에 선 토르를 외면하고 낚시를 시작하여, 금세 고래를 잡았다. 그는 기분이 좋아져서 토르를 돌아보았다.

"이것 보게. 고래가 잡혔군."

토르는 히미르의 전리품을 본체만체하고 황소 머리를 낚싯줄에 매달아 깊이깊이 늘어뜨리고 있었다. 히미르가 고래를 또 한 마리 잡도록 토르 쪽에는 아무 소식이 없더니, 마침내 황소 머리가 바닥에 닿았는지 쿵 하는 충격이 배까지 전해졌다.

요르문간드는 로키가 거인 앙그르보다와의 사이에서 둔 자식으로, 태어난 순간에 오딘이 세계 바다에 집어 던져 바닷속에서 자랐다. 이 뱀은 세계를 한 바퀴 두를 수 있는 크기까지 커졌고, 세계 바다의 바닥에서 제 꼬리를 물고 잠을 자다가 한번씩 고래를 잡아먹으며 살았다. 이 뱀을 낚겠다고 작정한 토르가 깊고 깊은 바닷속까지 황소를 떨어뜨린 것이다.

히미르는 불안해져서 토르를 다시 돌아보다가 크게 놀랐다. 거대한 참나무 낚싯대가 크게 휘어지고, 바닷속에서 엄청난 힘이 줄을 당기고 있었다. 토르가 용을 쓰면서 팔과 어깨에 투둑투둑 힘줄이 불거지더니, 그 몸이 점점 커지는 것 같았다. 바람도 불지 않는데 바다가 일렁거리며 파도가 치기 시작하더니, 배가 마구 끌려가려 했다.

"끙!"

토르가 외마디 소리를 지르더니, 그 왼발이 배 바닥을 부수고 바다의 바닥을 디디며 버텨 섰다. 거대한 참나무 낚싯대가 부러질 듯 휘어지더니 뭔가가 올라오기 시작했다. 히미르는 소용돌이치는 검푸른 바다를 보며 공포에 질렸다.

"배, 뱀!"

그랬다. 토르는 이전에 발 한쪽밖에 들지 못했던 우트가르드의 고양이, 실상은 요르문간드 뱀을 들어 올리는 데 성공한 것이다. 곧 거친 파도 위로 무시무시한 뱀의 머리가 솟아올랐다. 잠시 시간이 정지한 것 같았다. 세계가 흔들리고 거인들의 키를 훌쩍 넘는 해일이 밀려오건만, 요르문간드는 토르와 서로 노려보며 움직이지 않았다.

토르는 양손으로 잡고 있던 낚싯대에서 한 손을 떼고, 오른손에 쇠
망치 묠니르를 잡았다. 묠니르를 날려 뱀의 머리를 때릴 작정이었다. 토
르가 천천히 망치를 들어 올리고, 집중력이 최고조에 이르렀을 때, 툭
소리가 났다. 분명 작은 소리였지만 토르의 귀에는 천둥보다 더 크게 들
렸다. 그리고 팽팽하게 당기던 손이 허전해지더니 요르문간드의 머리
가 파도 아래로 사라졌다.

겁에 질려 대결을 지켜보던 히미르가 달려들어 토르의 낚싯줄을 끊
어 버린 것이다. 토르는 순간 화가 나서 버럭 소리를 지르며, 단단히 힘
을 모으고 있던 망치를 히미르에게 날려 버렸다. 히미르는 외마디 소리
도 지르지 못하고 숨이 끊어져 검푸른 바닷물에 떨어졌다.

"또 놓쳤군!"

이번에는 요르문간드 뱀을 죽여 버릴 수 있었는데! 뱀을 들어 올리
는 것만이 설욕이라면 성공한 셈이겠으나, 토르는 여전히 부족하다 여
겼다. 그는 주인을 잃고 바닥이 부서진 배를 질질 끌다시피 해서 육지로
돌아가며 중얼거렸다.

"자고로 승부는 세 번이지. 다음에는 반드시 끝내겠다."

실제로 그들은 마지막으로 한 번 더 만날 터였으니, 토르는 운명이
그 세 번째 승부를 어떻게 안배해 놓았는지 알지 못했다.

NORSE MYTHOLOGY

신들의
사랑과 싸움

프레이야의 사랑

어느 날, 프레이야 신이 궁전을 한 바퀴 돌아보는데 뭔가 빠진 느낌이 들었다. 눈부신 금발과 새파란 눈동자를 지닌 프레이야는 사랑과 미의 여신이다. 모든 신을 통틀어 가장 아름다운 여신으로 알려져 있다. 대지의 여신이자 풍요의 상징이며, 전쟁과 마법의 여신이기도 하다. 본래 아스가르드 출신이 아니라 바나헤임에서 태어난 반 신족으로, 반 신족과 아스 신족의 화해를 기념하여 프레이르 신과 함께 아스가르드에 와서 살게 되었다.

아스가르드의 신들은 물론이고 알프헤임의 요정들과 요툰헤임의 거인들, 스바르트알프헤임의 드워프들도 그녀의 아름다움을 탐냈으나, 프레이야가 고르고 골라 결혼한 남편은 햇살 같은 오드(오두르)였다. 프레이야는 주로 자신의 궁전에서 남편과 함께 지냈고, 딸들도 낳았다. 오드만 곁에 있으면 프레이야는 언제까지나 행복하게 웃으며 살 수 있었다.

그러나 어인 일인가. 어느 날 오랜만에 발할라에서 연회를 즐기고 궁으로 돌아와 보니 오드가 보이지 않았다. 샅샅이 뒤져도 보이지 않았고, 시녀들에게 물어도 종적이 없었다. 가슴이 덜컥 내려앉아 아스가르드를 다 뒤졌으나 오드의 흔적이 어디에도 없었다.

프레이야는 오딘을 찾아 나섰다.

"제 남편, 오드가 사라졌습니다."

"나에게 집안일을 해결해 달라는 건가?"

오딘은 의아해하며 물었는데, 프레이야도 오딘에게 해결을 해 달라는 게 아니었다.

"아니오. 로키를 불러 주세요. 아스가르드에 알 수 없는 일이 생기면 십중팔구는 로키의 소행이죠. 이번에도 로키가 무슨 짓을 한 게 틀림없어요."

오딘은 다른 말 없이 로키를 소환했다.

"내가 오드에게 무슨 이야기를 했냐고?"

로키는 질문을 받자마자 반질반질한 얼굴로 허공을 보며 손가락을 꼽았다.

"글쎄, 당신이 오드를 결혼 상대로 고르기 전에 모든 신과 차례대로 사랑을 나눴다고 했던가? 자기 형제와도 놀아났다고 했던가? 이런 건 예전에도 이미 한 이야기잖아?"

그랬다. 예전에 로키는 어느 연회 자리에서 프레이야가 모든 신과 차례대로 사랑을 나누고 난 후에 결혼 상대를 골랐다고 비난한 적이 있었다. 프레이야가 형제인 프레이르와도 잤다고 주장했다. 물론 로키는 자기 목적대로 얼마든지 거짓말을 할 뿐 아니라 진실조차도 비틀어 말

한다.

프레이야는 화가 났지만, 새삼 그런 이야기에 오드가 흔들렸을 리 없다고 생각했다. 로키 말마따나 이전에도 있었던 소문이고, 있었던 일들이었다. 게다가 신들이 결혼 상대 외에도 애인을 둔다는 건 비밀도 아니었고, 해롭게 여겨지지도 않았다.

로키가 그녀의 생각을 읽은 듯, 얄밉게 손을 올렸다.

"아, 그러고 보니 오드에게 그 이야기도 해 주긴 했지. 당신이 그 목걸이를 얻기 위해 무슨 짓을 했는지 말이야."

프레이야의 얼굴이 순간 굳어졌다. 프레이야의 목에 늘 걸려 있는 아름다운 목걸이, 브리싱가멘 또는 브리싱즈에 대한 이야기였다. 신비로운 빛을 뿜어내는 이 목걸이는 프레이야의 아름다움을 한층 더해 주었다.

이 목걸이는 땅속 깊이 사는 지하의 드워프들이 프레이야를 위해 만들었다고 알려져 있지만, 로키는 프레이야가 그 선물을 받기 위해 한 일을 몸소 엿보았다고 했다.

당시 프레이야는 여행 중이었는데, 우연히 어느 동굴 앞을 지나다가 늙은 드워프 넷이 만들고 있던 목걸이를 보았다. 우연이라고는 하지만, 어쩌면 애초에 프레이야에게 보여 주기 위해 마련된 무대였을지도 모른다. 어쨌든 프레이야는 완성 직전의 목걸이를 보고 이성을 잃었다. 이렇게 원해 본 물건은 없었다. 프레이야를 위해 만들어진 듯한 목걸이였다. 처음에 프레이야는 그 목걸이를 사겠다고, 은과 금과 온갖 보화를 대가로 제시했다. 그러나 드워프들은 아무리 많은 황금을 준다 해도 목걸이를 팔려 하지 않았다. 그래서 프레이야는 물었다.

"대체 뭘 주면 그 목걸이를 팔겠나?"

드워프 하나가 대답했다.

"단 한 가지, 우리의 최고 걸작을 넘겨주는 대신 모두가 만족할 만한 대가가 있지."

다른 드워프가 프레이야를 뚫어져라 바라보며 말했다.

"당신."

드워프 넷이 함께 고개를 끄덕였다. 그들은 프레이야가 각각 하룻밤씩을 보내 주면 목걸이를 주겠다고 했다. 프레이야는 그 제안을 수락했고, 드워프들과 나흘 낮 나흘 밤을 보냈다. 그리고 브리싱가멘은 프레이야의 목에 걸렸다.

정말 오드가 그 일 때문에 실망한 걸까? 프레이야가 그를 배신했다고 생각해서? 아니면 원하는 바를 위해 몸을 팔았다고 생각해서?

프레이야에게는 한 점 부끄러움도 없었다. 하물며, 다른 신도 아닌 로키가 그 일로 프레이야를 비난한다는 사실에는 새삼 분통이 터졌다.

아스가르드의 성벽을 지은 건축가만 해도 보상으로 프레이야를 달라고 요구하지 않았던가. 또 토르의 망치를 훔쳐 간 거인도 대가로 프레이야를 달라고 요구하는 바람에, 토르가 프레이야로 변장하는 웃지 못할 촌극까지 벌어지지 않았던가. 아스가르드 신들에게 말썽이 생길 때마다 거인들에게 프레이야를 팔아넘기려 했던 로키를 생각하면 지금도 화가 치밀었다. 관대한 프레이야도 머릿속에 싸움밖에 없는 거인들만큼은 질색이었다. 게다가 그보다 더 중요한 건, 로키가 필요하면 써먹을 수 있는 물건처럼 프레이야를 휘두르려 했다는 점이었다! 그러면서 정작 프레이야가 마음 가는 대로 한 행동은 비난하다니, 뭔가 바뀌어도 한참 바뀐 게 아닌가?

프레이야의 격분에도 로키는 여전히 뻔뻔했다. 그는 두 손을 펼쳐 보이며 말했다.

"하지만 중요한 건 내가 아니라 당신 남편이잖아? 오드가 무슨 생각을 했는지 나야 모르지."

아니다. 오드는 그녀의 본질이 관대하다는 사실도, 남편 외에 연인을 두고 있다는 사실도 알고 있었다. 결혼하기 이전에도 이후에도 프레이야는 변하지 않았다. 그러니 이제 와서 그 이유로 떠나 버렸다고는 믿어지지 않았다. 하지만…….

프레이야는 울음을 터뜨렸다. 프레이야가 흘린 눈물이 바위에 떨어져 황금이 되었고, 바다에 떨어져 호박으로 변했다.

다 추측일 뿐이었고, 진짜 이유는 오드만 알 터였다. 그리고 프레이야는 오드 없이 행복할 수 없었다. 그러니 남편을 찾고, 만나서 직접 이야기해 볼 수밖에 없었다.

프레이야는 결심을 굳히고 미드가르드로 떠날 채비를 했다. 고양이 두 마리가 끄는 전차를 불러내고, 매의 깃털로 만든 망토를 꺼내 입었다. 그렇게 프레이야가 정식으로 움직일 채비를 차리니 혹시 전쟁이 터졌나 싶어진 발키리 여신들이 달려왔다. 잘 알려지지 않은 사실이지만 프레이야는 전쟁의 여신이자 죽음의 여신이라, 발키리들을 이끌고 전장으로 내려가 전사자의 절반을 거두어 궁전으로 데려오곤 했기 때문이다. 그녀가 먼저 거두고 남은 전사자 절반이 오딘의 발할라로 갔다.

프레이야는 전장으로 달려가는 게 아니라고 발키리들을 안심시켜야 했다. 그리고 미드가르드에서 남편을 찾으려면 본모습 그대로가 아니라 변장을 해야겠다 생각했다. 지금의 북유럽 전역에 프레이야의 다양한 이름들, 곧 바나디스, 마르돌, 호른, 게픈, 시르, 스캴프, 트룽 등이 흩어져 알려진 것도 그래서이다.

프레이야는 남편을 찾아 곳곳을 돌아다녔는데, 오드를 본 사람이 없는지 묻고 다니던 프레이야가 한번씩 눈물을 쏟은 곳마다 금맥이 생겼다고도 한다. 믿거나 말거나.

그렇게 여러 이름을 쓰며 미드가르드를 돌아다니던 프레이야는, 마침내 따사로운 남쪽 땅의 은매화 나무 아래에서 남편을 찾았다. 둘 사이에 싸움이 일어나거나 용서를 구하는 말이 오가거나 하지는 않았다. 오드가 왜 떠났는지 이야기하는 일도 없었다. 그저 다시 만나자 둘 사이의 사랑이 회복되었을 뿐. 프레이야는 남편의 손을 잡고 행복하게 집으로 돌아갔다.

프레이야가 대지라면 오드는 여름 태양이며, 프레이야가 사랑이라면 오드는 열정이라고도 한다.

여신들에 대하여

　　북유럽 신화에는 애석할 정도로 남아 있는 여신들의 이야기가 매우 적다. 프레이야는 용맹한 전사자들을 자신의 궁전으로 데려가 후하게 대접했을 뿐 아니라, 여자들이 죽고 나서 연인이나 남편과 함께하는 기쁨을 누리게 해 주는 여신이기도 했다고 한다. 그러나 이런 특성이 전쟁의 여신이자 마법의 여신이라는 면모와 과연 같은 것인지, 아니면 여러 여신의 속성이 합쳐졌거나 혼동된 것인지는 분명치 않다. 오딘보다도 먼저 전사자의 절반을 데려갈 권리가 있었다니, 프레이야에게는 분명 지금까지 주된 역할로 남아 있는 사랑과 미의 여신이라는 모습과 다른 면모가 컸을 것이다.

　　영어의 금요일 Friday는 프레이야 또는 프리그오딘의 아내에서 왔다고 한다. 프레이야와 프리그를 같은 여신으로 보는 이야기도 간혹 있고, 신화에 따라서는 프레이야가 오딘 (또는 그 지역에서 오딘에 해당하는 신)의 아내로 나오기도 한다. 프리그가 신들의 여왕이라는 점을 생각하면 프레이야가 더 강력해 보이는 것이 이상하기는 하다. 하지만 따로 보더라도 프레이야와 프리그는 둘 다 중요한 신이다.

　　그나마 프레이야와 프리그는 좀 낫다. 토르와 결혼했다는 시프, 황금 사과를 지키는 이둔, 빛의 신 발드르발데르. 오딘의 아들가 사랑했던 식물의 여신 난나에 대해서는 거의 설명이 없다.

　　오히려 북유럽 신들의 이야기에서 활약상이 많이 나오는 것은 여성 거인들이다. 거인과 신들이 크게 보아 적이라고는 하지만, 여자 거인들은 아스가르드 신들과 사랑에 빠지거나 신들을 돕거나, 돕다가 배신당하는 경우가 많다. 이 책에 넣지는 않았지만 이둔을 납치했다가 죽은 아버지 티아시의 원수를 갚는 대신 남편감을 내놓으라고 요구한 스카디를 비롯하여, 싸움에 능하고 능동적인 여성 거인도 다수 등장한다. 오히려 이들이야말로 여신들의 역할을 하지 않나 싶을 정도다.

프레이르의 사랑

어느 날, 프레이르 신이 오딘의 왕좌에 올라갔다.

오딘의 왕좌 흘리드스캴프는 오딘의 궁전 안 높은 곳에 놓여 있으며, 본래 오딘과 프리그 외에는 누구도 앉을 수 없는 자리였다. 그러나 바나헤임 출신이며 평소에는 요정 나라 알프헤임에서 지내는 프레이르는 이를 몰랐고, 저 의자는 무엇인가 하며 가벼운 마음으로 계단을 올라갔다. 오딘도 프리그도 그 자리에 없었으며 아무도 프레이르가 왕좌에 올라앉는 것을 알아차리지 못했으니 공교롭다고 해야 할까, 아니면 운명이라고 보아야 할까.

이 왕좌에 아무나 올라가지 못하는 것은, 주인이 따로 있는 탓이기도 했지만 다른 이유도 있었다. 그곳에서는 온 세상을 동시에 볼 수 있었다. 오딘이 뭔가를 급히 찾아야 할 때나 확인할 일이 있을 때 이용하는 왕좌였던 것이다. 이를테면 로키가 말썽을 부리고 도망쳤을 때, 오딘이 로키를 생각하며 그 왕좌에 앉아 세상을 둘러보면 세상 어느 구석에 숨어 있다 해도 로키를 찾을 수 있었다. 사용하기에 따라서는 위험한 물건이었다. 그러나 프레이르는 이를 알지 못했고, 특별한 생각 없이 가벼

운 마음으로 흘리드스칼프에 앉아 눈앞에 한꺼번에 펼쳐지는 세상을 보며 감탄할 뿐이었다.

프레이르는 평화와 풍요, 날씨를 다스리는 남신으로 프레이야와 남매지간이었다. 프레이야와 똑같이 아름다운 금발에 푸른 눈이었으며, 본래 바나헤임의 신이었기에 프레이야와 짝이 될 예정이었다. 그러나 바나헤임과 아스가르드의 신들이 싸움을 멈추고 평화 협정을 맺을 때, 둘이 같이 아스가르드로 오게 되면서 프레이야와 프레이르의 약혼도 끝이 났다. 프레이야가 아스가르드에서 궁전을 받아 머문 반면 프레이르는 요정 나라 알프헤임을 다스렸으며, 둘 사이는 갈수록 더 멀어졌다.

그래서 마음이 허전해져 있었을까. 마법의 왕좌 흘리드스칼프는 프레이르 자신도 모르고 있었던 그 마음을 좇아 세상 한구석을 비춰 주었다. 그곳은 서리 거인들의 땅 요툰헤임, 그중

에서도 북쪽 외딴곳에 자리 잡
은 거인 기미르의 집이었는데, 그 집
딸인 게르드가 막 문을 나서는 순간이었다.
프레이르는 게르드의 모습을 본 순간 바로 사랑
에 빠져 버렸다.

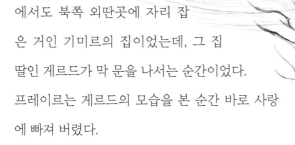

　아름답고 부유하며, 신들에게도 인간들에게도 요정들에게도 사랑
받고 살아온 프레이르는 이럴 때 어떻게 해야 할지를 몰랐다. 그리 즐기
던 사냥 놀이도, 알프헤임의 요정들과 어울리는 자리도 다 재미가 없어
졌다. 프레이르는 그저 한순간 보았던 게르드의 모습을 지울 수가 없어,
홀로 앉아서 한숨을 푹푹 내쉴 뿐이었다.

　프레이르가 이상하다는 사실을 알아차린 것은 아버지인
뇨르드였다. 그는 이상해서 프레이르의 심복인 스키르니
르를 불렀다.

　“스키르니르, 가서 내 아들에게 왜 그러는지 물어
보아라. 누구에게 그리 화가 났는지, 누구 때문에 그리
근심에 사로잡혔는지 말이야.”

　물론 완전히 잘못 짚은 생각이었다.
스키르니르 역시 진실은 짐작도 하
지 못하고, 어린 시절부터 함께해
온 주인에게 가서 물었다.

"위대한 프레이르여, 무슨 일입니까? 말을 해 봐요. 왜 종일 혼자 앉아서 한숨만 내쉴 뿐, 제대로 먹지도 자지도 않는 겁니까? 누구에게 그리 화가 났기에, 이렇게 햇빛 좋은 날에 밖을 내다보지도 않아요?"

"화가 나다니 무슨 소리인가. 나는 그저 슬플 뿐이야."

프레이르는 창밖을 내다보고 다시 한숨을 내쉬었다.

"햇빛은 내 슬픔을 달래는 데에는 아무 도움이 되지 않아. 아니, 오히려 원망스럽네. 나는 이렇게 갈기갈기 찢기는 심정이건만, 햇빛은 이렇게 밝고, 날은 이렇게 화창하다니."

"슬프다니요. 프레이르 님께 부족한 것이 무엇이고, 없는 게 무엇이라고 슬프시단 말입니까."

프레이르는 고개만 가로젓다가, 스키르니르가 계속 설득하자 마지못해 입을 열었다.

"내가 흘리드스캴프에 올랐다가 기미르의 집을 보았네."

"서리 거인 기미르요?"

"그래. 그 집 문에서 아름다운 여인이 걸어 나오더군. 아아, 그토록 아름다운 이는 내 평생 처음 보았어. 그 여인의 아름다움 때문에 해도 달도 빛을 잃고 말았네. 오직 그 모습만 눈앞에 아른거릴 뿐. 산해진미도 맛이 없고 세상의 즐거움도 다 사라져 버렸으니 이를 어쩌면 좋단 말인가. 내 그이를 얻지 못한다면 더 살고 싶지가 않네."

스키르니르는 입을 딱 벌리고 말았다.

"아니 그러면 만나러 가시면 될 게 아닙니까?"

프레이르는 도리어 펄쩍 뛰었다.

"만나러 가다니? 만나러 가서 뭘 어쩌란 말인가?"

"구애를 하셔야지요. 사랑에 빠졌으니 찾아가서 구애하는 것이 순서가 아닙니까?"

프레이르의 얼굴색이 삽시간에 파래졌다 빨개졌다 하얘졌다.

"사랑? 사랑이라고? 이게 사랑이란 말인가! 그렇다면…… 아, 아니야. 그럴 수가 없네. 분명 그이는 기미르의 딸일 테지."

"그래서요?"

"바나헤임과 아스가르드, 알프헤임과 요툰헤임 어디에서 우리를 축복해 주겠나? 아무도 우리의 결합을 반기지 않을 것이야."

아스가르드 신들과 요툰헤임의 거인들이 서로 적이라는 것은 사실이었다. 그러나 반한 여자와 얼굴을 마주하고 한마디 나눠 본 적도 없으면서 결혼이 축복받지 못할 거라는 소리부터 늘어놓다니. 게다가 신과 거인의 결합이 이전에 없었던 것도 아니었다. 평범한 구애와 사랑으로 인한 결합은 아니라 해도, 프레이르의 아버지 뇨르드 역시 거인인 스카디와 결혼하지 않았던가.

스키르니르는 잠시 말문이 막혔다가 깨달았다. 원하는 것이 있으면, 원한다는 사실을 깨닫기도 전에 손에 넣고 살아온 프레이르였기에, 오히려 뭔가를 직접 쟁취하는 방법을 몰랐던 것이다. 게다가 손만 뻗으면 넘어올 이들이 가득했기에, 구애하는 방법도 모를 수밖에 없었다.

스키르니르는 한숨을 내쉬고 마음을 다잡았다.

"좋습니다. 그렇다면 제가 대신 찾아가서 프레이르 님의 마음을 전하겠습니다."

"정말인가? 그럴 수 있나?"

"예. 프레이르 님의 말과 칼을 제게 주신다면 요툰헤임까지 쉬지 않고 달려가서 프레이르 님의 마음을 전하고 청혼까지 하고 오겠습니다."

프레이르의 말은 용맹하고 잘 싸우며, 불길도 뚫고 달릴 수 있는 명마였다. 그러나 프레이르에게는 황금빛 멧돼지도 있었고, 펼치면 하늘을 날고 접으면 주머니에 들어가는 마법의 배도 있었다. 말 한 마리쯤은 얼마든지 내줄 수 있었다.

한편 칼은 다른 문제였다. 프레이르의 칼은 칼집에서 뽑으면 혼자 싸울 수 있는 무기일 뿐 아니라, 그 칼로 싸우는 자는 결코 지지 않도록 되어 있었다. 그럼에도 프레이르는 한순간도 고민하지 않고 칼을 내놓았다.

스키르니르는 프레이르의 칼을 허리에 차고, 프레이르의 말에 올랐다. 물에 비친 프레이르의 아름다운 얼굴도 떠서 잔에 담고, 금은보화와 더불어 마법의 반지도 챙겨서 길을 떠났다.

요툰헤임에 이르자 한 거인이 스키르니르를 막아섰는데, 프레이르의 칼을 뽑자 칼이 저절로 움직여 거인의 목을 베어 냈다. 스키르니르는 흡족한 마음으로 칼을 다시 칼집에 넣고 말을 재촉했다.

마침내 기미르의 저택에 다다르고 보니, 저택 주위를 높은 불길이 둘러싸고 있었으며 사나운 개들이 침입자를 향해 으르렁대고 있었다.

보통 사람이라면 들어갈 엄두도 내지 못할 테지만, 스키르니르에게는 프레이르가 내준 말이 있었다. 몸을 기울여 말의 귓가에 몇 마디를 속삭이자, 황금빛 말이 기세 좋게 불길을 훌쩍 뛰어넘어 저택 마당으로 달려 들어갔다. 개들이 요란하게 짖는 소리를 들은 게르드가 하녀를 불렀다.

"밖이 왜 이리 소란스러우냐?"

하녀는 서둘러 답했다.

"어떤 남자가 말을 타고 불 벽을 뛰어넘어 마당에 들어와 있습니다. 개들도 따돌리거나 걷어차 놓고서는, 태연하게 풀을 뜯기면서 밖을 서성대고 있습니다."

게르드는 미간을 찌푸렸다. 게르드에게는 형제가 있어 아버지가 없을 때 밖을 지켰으니, 침입자가 들어왔는데 아무 반응도 하지 않을 리가 없었다. 그러나 어쩌면 형제를 살해했을지 모를 침입자라고는 해도 손님 접대의 법칙을 무시할 수는 없는 법. 게르드는 하녀에게 일러 그 남자를 안으로 들이고 술을 내오라 일렀다.

"보아하니 아스 신이나 반 신도 엘프도 아니건만, 그대는 누구이기에 기미르의 저택을 찾았소? 아버님은 집에 안 계시니 이 술을 마시고 예의를 지켜 돌아가시오."

스키르니르는 기미르가 집에 없다는 말에 쾌재를 부르며 가지고 온 보물부터 꺼냈다. 우선은 탐스러운 금빛 사과들을 게르드 앞에 쌓았다.

"아스 신들만 먹을 수 있는 황금 사과입니다. 이둔 여신의 사과로, 먹으면 젊음과 아름다움을 유지할 수 있지요."

거인들이 늘 탐내던 사과였지만, 게르드는 냉담하게 대꾸했다.

"왜 나에게 황금 사과를 내미는 거요?"

"저는 제 주인 프레이르 신을 대신하여 찾아온 몸입니다. 프레이르 께서 당신을 멀리서 보고 사랑에 빠지셨으니, 그분과 함께하신다면 앞으로도 늘 이 황금 사과를 드시는 몸이 될 것입니다."

"관심 없소."

게르드의 주저 없는 대답에 스키르니르는 조금 당황했지만, 애초에 그렇게 쉽게 일이 해결되리라 생각하지는 않았다. 그는 다시 아름다운 황금 반지를 내놓았다.

"황금 사과는 손님으로 내놓은 선물일 뿐, 진짜 예물은 이것입니다. 오딘 신의 반지 드라우프니르로, 아흐레가 지날 때마다 똑같은 반지 여덟 개를 낳는 마법의 반지랍니다."

그러나 게르드는 여전히 냉담했다.

"아스 신들은 드워프들만큼이나 금을 탐하는 모양이지만, 내게는 황금이 필요 없소. 돌아가시오."

스키르니르는 이제 오기가 나서 뿔잔에 담아 온 프레이르의 얼굴을 내보였다.

"선물은 어디까지나 선물일 뿐. 중요한 것은 프레이르 님이 어떤 금은보화도 아깝지 않을 만큼 당신을 사랑한다는 사실입니다."

신들 중에 가장 아름답다는 프레이야 여신과 쌍둥이로 태어난 프레이르였다. 신들에게도, 엘프들에게도 사랑받는 아름다운 그의 얼굴을 본다면 게르드도 마음이 흔들리라는 것이 스키르니르의 계산이었다. 그러나 뜻밖에도 게르드는 코웃음을 쳤다.

"과연 아름다운 분이시니, 어울리는 여신을 만나 잘 사시라고 전해 주시오."

스키르니르는 울컥하며 프레이르에게 받은 마법 칼을 뽑아 들었다.

"이 칼이 보이시오? 이 날카로운 칼날이? 이 칼은 오직 승리만 하기로 정해진 칼이니, 내 언제든 당신의 목을 베어 버릴 수 있소."

"내 집에 들어와 내 술을 받아 마시고서 잘도 그런 협박을 입 밖에 내는군. 나를 죽인다 해도 없는 마음을 만들어 낼 수는 없소."

프레이르에게 사랑을 이뤄 달라는 청을 받아 온 스키르니르가 정말로 게르드를 죽일 수는 없는 노릇이었다. 그러나 이쯤 되자 스키르니르도 프레이르가 아니라 자신의 자존심 때문에 화가 난 상태였으니, 발을 구르며 악담과 저주를 퍼붓기 시작했다.

"그래, 내 당신을 죽이지는 못하겠지만 당신의 늙은 아비는 죽일 수 있다. 어디 가족을 다 잃고 아무도 없는 신세가 되어 봐라. 요툰헤임의 거인들이여, 아스가르드의 신들이여, 누구든 이 여자와 결혼하면 저주를 받으리라. 당신은 아무와도 결혼하지 못하고 그대로 늙어 갈 터이니, 외롭고 끔찍하여 울면서 살게 될 터이다. 그걸로 끝이 아니지. 내 당신을 잡아다가 사람이라고는 없는 암벽 위에 데려다 놓으리니. 배가 고파도 음식은 모두 역겹기만 하여 굶주림에 고통받을 것이며, 목이 말라도 마실 수 있는 것이라곤 말 오줌밖에 없으리라. 고통받으며 마르고 흉측

해진 모습은 모두가 피하기에 이르리라."

이 악랄한 저주의 협박에는 게르드도 안색이 변했다. 빈말이 아니라 신들이란 정말로 그럴 수 있는 존재들이라는 게 문제였다.

협박이 게르드에게 먹힌 것을 눈치챈 스키르니르는 얼른 다시 뿔잔에 담긴 프레이르의 얼굴을 보이며 부드럽게 말투를 바꿨다.

"물론 그것은 프레이르 님의 뜻이 아닙니다. 그분은 당신을 사랑하여 세상의 모든 즐거움을 잃으셨으니, 결혼하여 행복하게 살고 싶어 하실 뿐이에요. 당신이 원하는 것이라면 무엇이든 해 주실 겁니다. 자, 이 아름다운 얼굴을 보세요. 평생 혼자 살 것이 아니라면 이분의 마음을 시험해 보는 것도 괜찮지 않겠습니까?"

분하지만 결국 게르드는 협박을 받아들여, 아흐레 후에 프레이르를 만나기로 했다.

스키르니르는 결과적으로 맡은 일을 수행했다는 데 흡족해하며 프레이르에게 돌아갔다. 프레이르는 아흐레나 기다려야 하다니 애가 탄다고 외치며 행복하게 게르드를 기다려 마침내 결혼했다.

이후 게르드가 어떻게 살았는지는 아무도 알지 못하며, 스키르니르의 종적 또한 알 수 없다. 프레이르는 훗날, 운명의 라그나뢰크가 왔을 때 결코 지지 않는 칼을 오래전에 줘 버린 것을 후회하게 된다.

게르드는 북극광, 오로라를 뜻한다고도 한다. 프레이르는 아름답지만 결코 손에 쥘 수 없는 것에 욕심을 낸 셈이다.

오딘과 프리그의
두 가지 내기

오딘과 프리그는 아스가르드 신들 중 가장 높은 지위의 부부였다. 세상을 다 볼 수 있는 왕좌 흘리드스캴프에 앉을 자격이 있는 신은 오딘과 프리그, 단둘뿐이었다. 둘 사이에 프레이야 부부처럼 넘치는 사랑과 기쁨이 있거나, 프레이르처럼 절절한 짝사랑의 사연 같은 것은 없었다. 그러나 아스가르드를 같이 지배하는 이들로서 권한을 공유하고 서로를 존중했다.

평소에 프리그는 오딘과 함께하지 않고 자신의 궁전에서 따로 지냈다. 평소에 크게 눈에 띄거나 활약이 두드러지지는 않지만 프리그는 지혜와 통찰의 여신으로, 그 지혜의 종류가 오딘과 조금 달랐다. 오딘이라도 지혜로 프리그를 이기지 못할 때가 있었다. 이 부부간에 벌어진 내기에 관한 두 가지 이야기가 그것을 잘 보여 준다.

첫 번째 내기는 고트족의 왕인 흐라우둥의 두 아들 때문에 벌어졌다. 첫째는 아그나르, 둘째는 게이로드였다. 아그나르가 열 살, 게이로드가 여덟 살이었던 어느 날 둘이서 배를 타고 물고기를 잡겠다고 얕은 바다에 나갔다. 바닷가 왕국의 아들들이라 어느 정도 배를 모는 데 자신이 있었고, 얕은 앞바다에서 별일이 있겠나 싶었으리라.

그러나 날씨와 바다는 변덕스러운 법이라, 갑작스럽게 일어난 바람이 두 아이의 배를 바다 한가운데로 몰고 갔다. 바다에서 길을 잃으면 돌이킬 방법이 없다. 폭풍이 닥치는데도 운 좋게 두 아이가 죽지 않은 것은, 때마침 그 바다를 내려다보던 두 신이 개입했기 때문이었다.

아이들은 전혀 몰랐지만, 밤바다를 표류하던 두 아이의 배가 어느 섬에 이른 것은 우연한 일이 아니었다. 이 섬에는 오두막집이 하나 있었고, 중년의 부부가 살고 있었다. 그들은 추위에 떨며 도착한 두 아이를 반갑게 맞이하여 겨울 폭풍이 가시고 바다가 잔잔해질 때까지 돌봐 주었다.

부부 중에서도 여자는 어른스럽고 온화한 아그나르를 더 아꼈고, 남자는 당차고 야심 있는 게이로드를 더 사랑했다. 이 부부는 사실 바다를 떠돌고 있던 두 아이가 마음에 들어 구원의 손을 뻗은 오딘과 프리그였다. 구해 준 후에 한동안 두 아이를 데리고 산 것은 기나긴 신들의 삶을 보내면서 가끔 하는 소일거리였다. 겨울 한 계절 동안 각기 마음에 든 아이를 돌보고 가르치면서, 둘 중 누가 더 잘 자랄지를 두고 경쟁한 셈이었다.

시간은 순식간에 흐르고, 아그나르와 게이로드도 어른이 되었다.

어느 날, 세상 어디든 볼 수 있는 왕좌 흘리드스캴프에 앉은 오딘은 껄껄 웃으며 프리그를 불렀다.

"당신도 얼른 와서 봐요. 내가 키운 게이로드가 그 사이에 다 커서 왕이 되었구려. 당신이 아끼는 아그나르가 어떻게 살고 있는지 궁금하지 않소?"

프리그는 냉소를 머금고 왕좌에 올랐다.

"우리 착한 아그나르는 결혼해서 잘살고 있군요."

프리그는 이미 알고 있었다. 흐라우둥 왕의 둘째 아들인 게이로드가 왕위를 이은 반면, 본래대로라면 왕위를 이었어야 할 아그나르는 고향과는 멀리 떨어진 외딴섬에서 거인 여자와 결혼하여 소박하게 살고 있었다. 그리고 이는 오딘이 꾸민 짓이었다.

두 아이를 배에 태워 고향으로 돌려보낼 때, 오딘은 게이로드에게 몰래 계략을 일러 주었다. 뱃머리에 게이로드가 타고, 뒤쪽에 형을 태우고 가다가 익숙한 바닷가가 앞에 보일 때 먼저 뛰어올라 배를 밀면서 이렇게 말하라고 말이다.

"악령에게나 가 버려!"

게이로드가 오딘이 알려 준 대로 외치자 작은 배는 바닷가로 가지 않고 망망대해로 다시 밀려갔으며, 아그나르는 속절없이 배가 실어 가는 대로 외딴섬에 밀려갈 수밖에 없었다. 게이로드는 혼자 철벅철벅 얕은 물을 헤치고 올라가서 아버지에게 돌아갔고, 형은 함께 돌아오지 못했다고 통곡을 하며 자신이 저지른 짓을 묻었다. 두 아들을 잃었다가 하나를 되찾은 왕은 게이로드를 아끼고 사랑하며 왕위를 물려줄 수밖에 없었다.

프리그는 오딘이 무슨 속임수를 썼는지 알고 있었기에 괘씸하게 여기며 코웃음을 쳤다.

"왕이 된다고 더 잘 자라고, 소박하게 산다고 못 자란 게 아니지. 우리 아그나르는 어려운 처지에서도 착하게 살고 있는 반면 당신이 아끼는 게이로드는 아주 인색하고 못된 왕이라고 합디다. 재산이 아까워 손님을 환대해야 한다는 오랜 규칙마저도 걸핏하면 어긴다고요. 누가 키웠는지 참 잘도 키웠지."

오딘은 그 말에 울컥했다.

"그럴 리가 있나. 내가 겨울 한 계절 끼고 다니며 왕에게 바른 몸가짐이 무엇인지, 어떻게 처신해야 하는지 잘 가르쳤거늘!"

"그리 자신 있으면 어디 시험해 봅시다."

이렇게 하여 프리그와 오딘 사이에 내기가 붙었다. 게이로드가 손님 접대를 잘하면 오딘의 승리, 푸대접을 하면 프리그의 승리였다.

오딘이 물었다.

"내기를 하자면 대가도 같이 걸어야지. 뭘 걸겠소?"

"서로 원하는 바를 하나 들어주기로 합시다."

사실 프리그는 오딘의 약을 올리기 전에 이미 몰래 시녀를 시켜 게이로드에게 신비로운 말을 전해 둔 상태였다. 사악한 마법사가 왕국을 찾으려 하니 조심하라는 말로, 성을 지키는 개들이 처음 보는 사람에게 짖지도 않고 꼬리를 내리면 바로 그 마법사라는 내용이었다.

회색 머리에 회색 수염을 길게 기른 푸른 망토의 노인이 왕국을 찾

앉을 때, 게이로드는 그 말을 되새기고 있었다. 속임수로 형을 버리고 왕이 된 게이로드였지만, 환대의 규칙과 왕의 처신을 모르지는 않았다. 그러나 알 수 없는 말을 전해 받고 얼마 지나지 않아 수상한 노인이 성을 찾자 경계할 수밖에 없었다. 게다가 사나운 사냥개들이 모두 입을 다물고 노인 앞에 꼬리를 내리자 경계심이 더해졌다.

게이로드는 노인에게 물었다.

"그대의 이름은 무엇이며, 왜 이 성을 찾았소?"

"내 이름은 그림니르요."

노인은 그 말 외에는 대답을 하지 않았다.

"왜 이 성을 찾았는지 말해 보시오."

"떠돌던 나그네가 환대를 기대하고 성을 찾았을 뿐이오. 이 성은 손님을 원래 이렇게 대하오?"

"나쁜 뜻이 없는 손님이라면 떳떳하게 정체와 목적을 밝힐 터! 내 그대에게 아직 술과 고기를 내놓지 않았으니 그대는 내 손님이 아니오."

의심이 커진 게이로드는 그림니르가 사악한 마법사라고 단정 짓고, 목적을 털어놓을 때까지 홀 중앙에 피운 불 위에 올려놓으라 일렀다.

물론 그림니르는 변장한 오딘이었다. 오딘은 낙심하여 하늘을 향해 말했다.

"내기는 내가 졌구려. 그래, 뭘 해 주면 되겠소?"

프리그는 주저 없이 답을 돌려주었다.

"정신도 차릴 겸, 아흐레 동안 게이로드의 대접을 그대로 받으라는 게 내 바람이오."

생각지 못한 조건이었다. 오딘은 본래 그 자리에서 게이로드를 벌하고 떠날 작정이었으나, 그럴 수가 없게 되어 불 위에 앉아 있어야 했다.

오딘은 이제 프리그와의 내기에서 졌다는 사실보다 게이로드에 대한 노여움이 더 컸다. 그는 여드레 동안 불 위에 앉은 채로 먹지도 마시지도 않고 버티며 혹시나 게이로드가 정신을 차리거나 자신이 누구인지 알아차리지 않을까 기대했다. 그러나 게이로드는 멀쩡한 오딘을 보고 의심만 더해 갈 뿐이었다. 그나마 게이로드의 아들로, 제 형의 이름을 따서 이름 붙인 아그나르만이 안타까워하며 몰래 오딘에게 물을 가져다주었다.

드디어 아흐레째가 되자 오딘은 낡은 망토와 모자를 불에 떨구며 외쳤다.

"취했구나, 게이로드야. 네가 권력과 술에 취하여 눈이 흐려졌구나. 네 어리석음으로 내가 해 준 말들을 망각하였으니, 나 오딘의 총애를 잃게 되었도다. 이제 네가 알아보지 못한 은인, 오딘의 모습을 보고 가까이 오거라. 내가 칼에 맞은 시체를 얻게 되었구나."

왕좌에 앉아 있었던 게이로드는 소스라쳐 놀라며 무릎에 놓았던 칼을 뽑고 일어서려 했다. 그러나 서둘러 불가로 다가가려던 게이로드의 손에서 칼이 미끄러져 떨어지더니, 칼날이 거짓말처럼 위로 향하여 넘어지는 왕의 몸을 꿰뚫었다. 게이로드는 그렇게 죽었고, 그 아들인 아그나르는 오딘에게 물 한잔을 준 대가로 벌을 면하여 왕위를 이어받았다.

프리그가 사랑하는 아그나르는 고향으로 돌아가는 일 없이, 소박하지만 행복하게 살았다.

두 번째 내기는 두 부족 사이의 전쟁 때문에 벌어졌다.

어느 땅에 비닐레르족이라는 몸집 작은 사람들이 살았는데, 감바라라는 여인을 지도자로 두었다.

어느 날, 반달족이 비닐레르족이 사는 땅에 군대를 이끌고 찾아와서 선포했다. 조공을 바치거나, 아니면 전쟁을 해야 한다고 말이다.

두 부족 간에 전쟁이 일어나니 양쪽 다 전쟁의 신 오딘에게 승리를 기원하는 기도를 드릴 수밖에 없었다. 오딘은 용감하게 싸우다가 죽은 전사들을 발할라로 데려가는 신이었다. 발할라에서 매일매일 최후의 전투를 위한 훈련을 벌이고, 부족함 없이 술과 고기를 즐기며 날뛸 수 있다는 것은 얼마나 큰 기쁨일까. 때문에 전장에서 싸우다가 죽기를 바라는 전사들이 분명 있었지만, 그게 다가 아니었다. 전쟁 지도자들은 오딘에게 승리를 기원하면서 뛰어난 전사자들을 바치겠다고 약속했고, 아주 간절할 때는 아예 희생양을 정해 두고 전투 시작 직후에 죽이기도 했다.

프리그는 자신이 비닐레르족을 아끼는 만큼 오딘은 반달족을 아낀다는 사실을 알고 있었다. 그대로 두면 오딘이 반달족의 승리에 기울 것이 뻔했다.

"오딘이여, 당신은 전쟁의 향방을 결정할 수 있는 신이며 그것은 당신만의 특권이오. 그러나 이번만큼은 당신의 마음이 기우는 대로 결정하지 말고, 나와 내기를 해서 정합시다."

프리그가 공정한 내기를 내세우자 오딘은 어쩔 수 없이 조건을 내걸었다.

"좋소. 내일 해가 뜰 때, 내가 눈을 떠서 먼저 보이는 쪽에게 승리를 주리다."

말은 그럴싸하지만, 비닐레르족이 반달족보다 먼저 오딘의 눈에 띄는 위치까지 갈 방법은 없었다. 비닐레르족의 수장 감바라는 불리한 상황을 알고 있었기에, 오딘만이 아니라 프리그에게도 기도를 올렸다.

프리그는 조언을 남겼다.

"해 뜰 때에 맞춰서 움직이되, 남자들은 그대로 두고 비닐레르족 여자들만 몰래 움직여라. 그리고 오딘의 눈에 띌 만한 위치에 도착하고 나면 머리카락을 뒤집어 수염처럼 붙여라."

감바라는 그 조언대로, 두 아들은 남자들을 거느리고 반달족과 대치해 있도록 두고, 여자들만 데리고 눈에 띄지 않게 움직여 오딘이 볼 수 있는 위치까지 가는 데 성공했다. 그리고 해가 뜨기 직전에 서둘러 머리카락으로 수염을 꾸며 냈다. 바로 그때 눈을 뜬 오딘은 길고 덥수룩한 수염이 먼저 보이자 의아한 목소리로 물었다.

"저 긴 수염들은 누구요?"

반달족도, 비닐레르족도 긴 수염으로 유명하지는 않았기 때문이다. 프리그는 기다렸다는 듯이 냉큼 대답했다.

"당신이 저들에게 긴 수염이라는 이름을 붙였으니, 이제부터 그것이 저들의 이름이오. 승리도 마땅히 저들에게 가야겠지요. '해가 뜰 때 먼저 보이는 쪽에게 승리를 주겠다.'고 하지 않으셨소?"

오딘은 뒤늦게 상황을 깨달았으나, 프리그의 말에 틀린 부분이 없었으니 약속을 지켜야 했다. 그렇게 해서 프리그가 아끼던 비닐레르족은 긴 수염, 즉 랑고바르드(롬바르드)라는 이름을 얻고, 제 땅을 빼앗기거나 조공을 바쳐야 할 운명에서 벗어날 수 있었다.

오딘에 대하여

오딘은 주로 검은 안대를 한 애꾸눈의 바이킹 노전사 모습으로 그려진다. 하지만 오딘은 전쟁의 신이면서도 전사가 아니라 책략가에 가깝다.

신화에서 오딘은 전투나 싸움으로 활약하는 일이 없고, 속임수를 쓰고 약속을 깨고 때로는 신의를 크게 저버리면서 목적을 이루는 모습을 더 많이 보인다. 전쟁에서 오딘이 하는 일은 선봉에서 싸우는 것이 아니라 지휘이고, 지휘자는 정보를 수집하고 분석하여 전술을 짜야 한다. 오딘의 양어깨에 앉아 있는 까마귀 후닌과 무닌, 그리고 세상을 두루 볼 수 있는 왕좌는 정보의 중요성을 말한다. 오딘의 지혜란 현대인이 흔히 생각하는 지혜보다는 뛰어난 전술가의 지혜라 할 수 있다. 로키와 미미르에 대해서도 사령관의 양옆에서 보좌하는 참모 역할이었다고 분석하는 경우가 있다.

그러나 이런 배경을 감안하더라도 현대인의 눈에 오딘은 다소 기묘해 보인다. 신화 속의 선악은 우리가 생각하는 선악과 많이 다를 수밖에 없지만, 오딘은 올바르지도 않고, 공명정대하지도 않으며, 자비로움과는 거리가 멀다. 무엇보다도 재미있는 것은 북유럽 신들이 명예와 맹세를 그토록 중요시하면서도 걸핏하면 교묘한 방식으로 약속을 어긴다는 점이다. 이 점에서 오히려 오딘은 때로 로키와 무척 비슷해 보이며, 때문에 정체 모를 로키가 사실은 오딘의 대적자라는 생각을 하게 한다.

명실공히 북유럽 최고신이지만, 아버지 신이라서 그런지 아니면 늙은 신이라는 이미지 때문에 그런지 오딘이 현대 판타지의 주인공으로 등장하는 일은 거의 없다. 예외적인 작품이 닐 게이먼의 《신들의 전쟁(American Gods)》이다. 여기에 나오는 미스터 웬즈데이가 바로 오딘이다. 오딘은 보탄(Wotan), 보덴(Woden) 등으로도 불리는데, Wednesday(수요일)가 바로 오딘의 이름에서 유래하였다.

NORSE MYTHOLOGY

IV

신들의 최후

발드르의 죽음

어느 날부터인가, 발드르가 빛을 잃기 시작했다.

발드르는 오딘과 프리그의 아들로, 오딘의 여러 아들 중에서도 으뜸으로 사랑받는 남신이었다. 빛의 신답게 언제나 밝은 빛이 비쳐 나오는 듯한 외모와 고결한 성품을 지닌 그를 누구도 미워할 수 없었다. 시끄럽고 강한 자들을 높이 사는 아스가르드에서도 온화한 발드르는 모두에게 웃음과 평화를 주는 존재였다.

그런 발드르가 웃음을 잃고 시름에 잠긴 것은, 악몽을 꾸기 시작한 후부터였다. 무슨 꿈인지는 기억이 잘 나지 않지만, 이상하고도 사나운 꿈자리에 마음이 뒤숭숭해진 발드르는 전에 없던 그늘을 보였다. 알 수 없는 악몽이 며칠 이어지면서 푹 자지 못하는 바람에 빛을 잃고 점점 어두워지기도 했다. 결국에는 그를 사랑하는 아스가르드 신들 모두가 뭔가 잘못되었다는 사실을 눈치챌 수밖에 없었다. 특히 어머니인 프리그는 너무 걱정되어 발드르를 붙잡고 캐물었다.

"요새 무슨 일이 있는 거냐, 발드르. 혹시 프레이르처럼 상사병이라도 걸린 것이냐?"

"그럴 리가 있습니까. 저는 제 아내 난나를 세상에서 제일 사랑하는 걸요."

"그렇다면 왜 이렇게 수심에 잠긴 게야. 말을 해 다오."

결국 발드르는 불길한 꿈에 대해 털어놓았다.

"정작 꿈의 내용도 잘 기억이 나지 않으니 이게 어떤 의미인지 모르겠습니다. 어떻게 해야 할까요?"

프리그도 듣고 보니 그러했다. 꿈의 내용을 안다면 해몽을 해서 미래를 점쳐 볼 수 있으련만, 어둡고 불길한 기운에 짓눌리다가 잠에서 깬다니, 이를 어떻게 해석해야 한단 말인가. 그러나 그 꿈 때문에 발드르가 빛을 잃어 가니 한갓 악몽이라고 여길 수도 없었다.

해결을 하지도 못하고, 잠도 제대로 이루지 못하면서 며칠이 더 지난 어느 날, 드디어 발드르의 꿈에 선명하게 보인 것이 있었다. 그것은 몸의 절반은 아름다운 검은 머리 여성이요, 나머지 절반은 썩어 문드러진 시체인 누군가가 발드르를 향해 이리 오라 손짓해 부르는 꿈이었다. 그 여성과 눈이 마주치자 온몸이 싸늘하게 식고, 고통이 엄습해 오는 듯했다.

꿈에서 깬 발드르는 식은땀투성이였지만, 알 수 없던 꿈에 형체가 나타났다는 점에서는 반갑기도 했다. 발드르가 서둘러 찾아가서 이 내용을 말하자 프리그의 얼굴이 굳어졌다.

몸의 절반이 아름다운 여성이고, 나머지 절반이 썩은 시체라면 죽음의 나라의 주인인 헬밖에 없었다. 그렇다면 이 꿈은 오직 발드르의 죽음으로밖에 해석할 수 없지 않은가.

걱정에 사로잡힌 프리그는 회의를 소집하여 신들에게 의견을 구했다. 현명한 헤임달이 프리그에게 자신의 생각을 말했다.

"발드르가 누군가에게 미움을 산다거나, 싸움에 나서서 죽는 일은 상상하기 힘들군요. 전쟁의 신도 아니고, 거인들과 싸울 일도 없지 않습니까. 그러나 세상일이란 모르는 것이니, 세상 만물에게 요청하여 발드르에게 해를 끼치지 않겠다는 맹세를 받아 내면 어떨까요."

프리그는 그 말을 받아들여 불과 물과 땅에게 맹세를 받았고 방방곡곡, 모든 동물과 식물, 광물에까지 연락을 돌렸다. 만물에 그런 맹세를 받아 둔다면 혹시 누군가가 발드르를 해치려 한다 해도 무기가 없을 터이기 때문이었다.

오딘은 자리를 비웠고, 그 사이에 프리그는 세상 만물에게 발드르를 해치지 않겠다는 맹세를 받아 낸다는 어려운 목표를 달성했다. 불과 물, 돌과 나무, 질병까지도 발드르를 해치지 않겠노라 맹세했으니, 발드르는 이제 지팡이로 때려도, 돌로 쳐도 다치지 않는 몸이 되었다. 맹세를 받아 내기 위해 떠났던 전령들이 모두 돌아오자 프리그는 한시름 놓고 이제 발드르를 해칠 수 있는 것이 없노라 선언했다.

낮이면 낮마다 벌어지는 전쟁 훈련이 끝나고, 밤이 되어 발할라의 연회가 시작되자, 몇몇 어린 신들이 프리그의 선언을 떠올리며 정말 그런가 궁금해했다.

"정말로 어떤 무기에도 다치지 않는 걸까?"

"시험해 보아도 될까, 발드르?"

발드르는 기꺼이 시험에 응했다.

처음에는 조심스럽게 작고, 맞아도 크게 다치지 않을 만한 물건들이 동원되었다. 그러나 발드르는 돌멩이에 맞아도 생채기 하나 나지 않았고, 나뭇가지로 맞아도 아파하지 않았다. 발드르 자신도 신기해하며 몸 여기저기를 만져 보고 멍 자국도 없다는 사실을 확인했다. 그러자 여러 신들은 흥이 올랐다. 특히 젊은 신들이 우르르 몰려들어 발드르에게 창을 꽂아 보기도 하고, 칼로 베어 보기도 하고, 불타는 장작으로 때려 보기도 했다.

온갖 흉흉한 무기로 공격을 받고도 발드르가 조금도 다치지 않고 큰 소리로 웃으니, 오랜만에 발드르의 환한 빛이 아스가르드를 밝혔다. 다들 마음이 놓여 왁자지껄 술을 마시며 이제까지 생각지 못했던 물건으로 발드르를 공격해 보는 것이 연회의 새로운 오락이 되어 갔다.

아스가르드의 연회에는 대개 로키가 빠지지 않았으니, 로키가 술을 마시고자 한다면 언제나 자리를 내주는 것이 불문율이었다. 지금도 로키는 연회 자리에 있었다. 다만 지금은 로키에게 주목하는 이가 아무도 없었다. 나이 든 신들은 대부분 자리에 없었고, 젊은 신들은 발드르에게 몰려가 있는 탓이었다.

발드르가 온 세상의 사랑을 받는다지만, 로키에게는 예외였다. 로키는 티 없이 해맑고 순수하고 밝은 발드르를 좋아할 수가 없었다. 어느 정도냐 하면, 무슨 문제만 생기면 로키를 잡아서 쥐어패려 드는 토르가 훨씬 낫다고 생각할 정도였다.

'토르는 재미라도 있지!'

로키가 생각하는 발드르는 비아냥거려도 잘 이해하지 못하고, 농담을 주고받는 재미도 없는 신이었다. 로키는 신이 나서 발드르에게 무기를 던지고 있는 신들을 보며 오늘따라 더 언짢아졌다.

'그런데도 발드르는 저렇게 사랑을 받지. 아무것도 한 게 없는데도 모두가 떠받들고 좋아해. 언제나 아스가르드를 위해 이리 뛰고 저리 뛰며 많은 일을 하는 나는 사랑은커녕 감사의 말 한마디 받지 못하는데 말이야!'

그런 발드르가 세상 만물에 해를 입지 않는 몸이 되었다는 점을 자랑하는 꼴도, 그 사실을 시험하며 즐거워하는 다른 신들의 모습도 거슬리기만 했다. 그는 젊은 신들이 이것저것 던져 보며 즐거워하는 모습을 보며 곰곰이 생각하다가 슬그머니 연회에서 모습을 감췄다.

그리고 얼마 지나서일까, 여자라곤 거의 없는 발할라의 떠들썩한 연회 자리에 낯선 노파가 하나 나타났다. 남루한 옷을 입은 노파의 존재는 이 화려하고 시끄러운 궁전에서 의아하게 여길 만했으나, 신기할 정도로 아무도 그 노파에게 신경을 쓰지 않았다. 노파는 여전히 시끌벅적하게 술과 고기를 즐기고 있는 신들을 둘러보고는, 늘 연회장 구석 자리에 조용히 앉아 있는 젊은 신에게 다가갔다.

"다들 저렇게 즐겁게 노는데, 왜 구석에 앉아만 계시나? 발드르와 친한 신들은 다 놀이에 참여한 것 같은데, 발드르와 잘 모르는 사이인가? 아니, 아니지. 내 눈이 삐지 않았다면 자네는 분명 호드르일 텐데, 발드르와 모르는 사이일 리가 없지."

노파의 물음에 젊은 신이 고개를 들었다. 그 생김새는 놀랄 정도로 발드르와 닮았으나, 웃지 않아도 어떤 빛을 발하는 듯한 발드르와 달리 이 청년은 은은한 미소를 지어도 그늘이 진 듯 어두워 보였다. 게다가 푸른 두 눈에는 초점이 맺히지 않았다.

"저는 눈이 보이지 않아, 활발하게 몸을 움직이는 놀이를 하지 못합니다."

이 신은 호드르였다. 놀랍게도 호드르는 발드르와 쌍둥이로 태어났다. 그러니 그 역시 오딘과 프리그의 아들인 존귀한 몸이었으나, 이상할 정도로 주목받지 못하고 조용히 지내고 있었다.

노파는 교활한 미소를 머금고 호드르 옆에 다가앉았다.

"말하지 않아도 내 그 마음 이해한다네. 같이 태어났는데 발드르는 빛이며 그대는 그림자라니, 속이 편할 수만은 없겠지. 누군가는 그림자 역할을 맡아야 한다고 하기에는 운명이 얄궂지 않나. 대체 무슨 까닭이 있어서 발드르는 태어난 것만으로도 저렇게 사랑을 받고, 쌍둥이인 자네는 그림자를 담당해야 한단 말인가. 질투와 시기에 미쳐 버리지 않는 것만으로도 나는 그대를 존경해."

위로하는 척하면서 호드르의 속을 긁는, 있는 줄도 몰랐던 마음속 어둠을 건져 올리는 화법이었다. 그러나 평소에 많은 이들과 어울리지 않던 호드르는 노파의 말들에 어떤 가시가 박혀 있는지 바로 알아차리지 못했다.

"그러니 괜히 쭈뼛거리며 그림자 속에 숨어 있지 말고, 한번 앞으로 나서서 놀이에 동참해 보는 것은 어떻겠나. 이렇게 말하긴 좀 그렇지만, 어차피 발드르가 해를 입지도 않을 터, 화살이라도 몇 대 던지고 나면 속에 맺힌 응어리도 풀리지 않을까."

노파는 작은 화살 몇 대를 호드르의 손에 쥐여 주었다.

"어떤가? 이런 작은 화살 정도면 힘들 것도 없겠지?"

호드르가 손에 쥔 화살을 만져 보니, 크기도 작을뿐더러 단단하지도 않았다. 설령 발드르가 만물에게 해를 입지 않는 몸이 되기 이전이라 해도 이런 화살에 몸이 상하지는 않을 듯했다. 호드르는 안심하고 조심스럽게 떠들썩한 소리가 들리는 쪽으로 다가갔다.

노파가 간살스럽게 말했다.

"내가 발드르가 어디 서 있는지 말로 알려 줄 테니, 한번 던져 봐."

흥이 한창 오른 데다 꿀 술을 잔뜩 마신 신들은 호드르가 작은 화살을 쥐고 다가가는 것을 바로 알아차리지 못했다. 그리고 호드르가 옆에 있던 노파에게 지시를 받는 모습도 제대로 보지 못했다. 그러나 호드르의 손을 떠난 작은 화살이 발드르의 심장을 맞히는 모습은 다들 보았다. 술을 마시던 신들도, 아직 발드르에게 던져 보지 않은 물건이 무엇이 있나 찾던 신들도, 그 자리를 떠나 다른 놀이를 하려던 신들도 발드르가 쓰러지는 순간 모두 얼어붙은 듯 멈춰 섰다. 언제나 귀가 터질 듯 시끄

럽던 발할라가 그렇게 조용해지기는 처음이었을 것이다. 모두가 아무 말도 하지 못하고, 아무 반응도 하지 못했다. 발드르가 쓰러지는 것을 붙잡지도 못했다. 다들 자기 눈을 믿지 못하고 어안이 벙벙해 있을 때, 맑은 목소리가 울렸다.

"무슨 일입니까? 왜 다 조용해진 거죠? 발드르에게 제 화살이 맞았습니까?"

그 소리를 들은 모두가 등골이 오싹해졌으나, 차마 아무도 호드르에게 사실대로 대답해 주지 못했다. 호드르는 곁에 없는 누군가를 찾으며 계속 어찌 된 일이냐고 물을 뿐이었다.

사실은 프리그가 맹세를 받아 내지 못한 것이 단 하나가 있었으니, 겨우살이였다. 겨우살이는 홀로 자랄 수 없어 다른 나무에 기생해서 자란다. 북유럽에 많이 자라는 느릅나무, 참나무에 붙어서 물과 양분을 빨아먹고 사는데, 잎이 무성한 동안에는 그 모습이 보이질 않

고 겨울이 찾아와 잎이 다 지고 앙상한 가지만 남으면 그제야 마치 새 둥지 같은 모습을 드러낸다. 프리그가 온 세상에 소식을 돌린 철이 아직 겨울이 아니었던지라, 전령들도 겨우살이는 알아보지 못하고 지나치고 말았다.

프리그가 뒤늦게 이를 알아차렸다 해도 큰일이 나겠는가 하고 넘겼을지 모른다. 튼튼한 곤봉이나 막대기를 만들 수 있는 나무도 아니고, 열매나 꽃에 독이 있지도 않으니 부드러운 잎으로 친다 한들 무슨 별일이야 있겠는가 하고 말이다. 아니면 전령이 자신의 실수를 숨겼는지도 모른다.

어쨌든 로키는 전령으로부터 이 사실을 알아냈고, 즐거운 미소를 지으며 생각했다.

'겨우살이라. 겨우살이……'

겨우살이만큼은 발드르에 대해 아무 맹세를 하지 않았다니, 이걸 어떻게 써먹으면 좋을까. 로키는 주위를 살피다가, 젊은 신들이 모두 모여 떠들썩하게 노는데 끼지 못하고 한쪽 구석에 앉아 있는 젊은 남신을 발견했다. 눈이 보이지 않는 신, 호드르였다.

'옳거니! 저기 적당한 녀석이 있구나.'

로키는 아스가르드를 샅샅이 뒤져 발할라 서문 근처에 난 작은 겨우살이를 찾아냈고, 아직 어린 그 가지를 모조리 뜯어내어 운명의 화살을 만들었다. 그리고 노파의 모습으로 슬그머니 호드르에게 다가갔다. 그렇게 해서 발드르는 죽었다.

로키는 목적을 이루는 데 성공하자 바로 모습을 감추었으니, 이런 사실을 모두가 알 리 없었다. 호드르는 더더욱 알 수가 없었다. 그는 아직도 무슨 일이 일어났는지 모르는 채로, 보이지 않는 눈을 크게 뜨고 멍하니 서 있을 뿐이었다.

신들은 발드르의 죽음을 바로 받아들이지 못했다. 발드르가 쓰러진 모습을 보고도 망연히 서 있는 이들이 대부분이었고, 아무도 바로 달려들지 못할 정도였다. 마침내 심상치 않은 일이 벌어진 것을 알아차린 프리그가 달려왔다.

"무슨 일이냐. 왜 발드르가 쓰러져 있어?"

프리그가 확인해 보니 이미 발드르의 몸에 생명이 없었다. 그녀는 놀라서 주위를 둘러보다가 겨우살이로 만든 연약한 화살을 집어 들고 바로 알아차렸다.

"겨우살이! 겨우살이로구나! 내가 겨우살이에게 맹세를 받지 못했구나."

그 화살을 발드르에게 던진 것이 호드르임을 모두가 보았으나, 호드르 또한 프리그의 자식이었다. 프리그로서는 도저히 호드르에게 죄를 물을 수가 없었다.

이때 겨우 자리를 비웠던 오딘이 도착했으니, 그는 이미 때가 늦은 것을 알고 탄식하며 중얼거렸다.

"결국은 이렇게 되는가."

그 소리를 들은 프리그가 핏발 선 눈을 들어 오딘을 보며 말했다.

"아직 아니오, 아직. 발드르의 넋이 이제 막 여기를 떠났으니, 잡을 수도 있을 것이오."

오딘은 잠시 대꾸하지 못했다. 발드르는 전투 중에 죽은 것이 아니었으니 오딘이나 프레이야가 거둘 수 없었다. 발드르의 넋은 헬에게 갈 터였다. 오딘이 망설이자 프리그가 호소했다.

"아직 포기하기는 이르오. 내가 헬이 요구하는 몸값은 무엇이든 치르리다. 헬과 협상해 보시오."

오딘은 제 모습을 숨기기 위해 또 다른 아들인 헤르모드의 모습으로 가장하고서, 애마인 슬레이프니르를 몰아 삶과 죽음을 가르는 장벽을 건너뛰어 헬에 들어갔다. 오딘은 죽은 자들이 건너야 하는 다리 위에 들어섰다. 이 다리는 죽은 자들이 걸으면 아무 소리도 울리지 않았으나, 산 자가 지나면 요란한 메아리가 울려 퍼졌다. 하물며 신들의 왕 오딘과 다리 여덟의 슬레이프니르가 달리니 그 소리가 온 헬을 뒤흔들 수밖에 없었다.

헬을 다스리는 여신, 헬은 그 소리에 즉시 누가 오고 있는지 알아차렸다. 아무리 다른 신의 모습으로 가장했다 해도 살아 있는 몸으로 슬레이프니르를 타고 헬에 들어올 수 있는 신은 오직 오딘뿐이었기에.

그러나 오딘이 직접 헬에 들어온다는 것은 있을 수 없는 일이기에, 그들은 서로 사실을 알면서도 모르는 체 대화를 나누었다. 신들의 왕으로 예우할 이유가 없었기에, 헬은 왕좌에서 일어나지 않았다.

"아스가르드의 신이 여기까지 어인 일인가."

헤르모드로 가장한 오딘은 정중하게 인사하고 말했다.

"이 몸은 신들의 여왕이신 프리그의 명을 받고 온 전령입니다. 감히 청하건대, 이제 막 헬에 들어섰을 발드르를 우리에게 돌려주십시오. 발드르를 돌려주신다면 몸값으로 온갖 보물을 바치겠습니다."

오딘이 열거한 보물에는 평범한 금은보화만이 아니라 아흐레마다 불어나는 황금 반지도 있었고, 슬레이프니르만은 못지지만 대단한 명마인 굴팍시거인 흐룽니르의 말이었으나, 토르가 결투에서 이긴 후 아들 마그니에게 줌도 있었다. 그러나 절반은 아름답고, 절반은 끔찍하게 썩은 헬의 얼굴에는 아무런 표정도 떠오르지 않았다.

오딘은 일찍이 시인의 꿀 술을 훔쳐 냈을 때 못지않은 말솜씨를 발휘하여 헬을 찬양했다.

"부디 자비를 베푸십시오. 아스가르드의 신들에게 기쁨이자 빛인 발드르를 돌려주시면 이런 많은 보물들만이 아니라 오딘과 프리그에게 값어치를 헤아릴 수 없는 마음의 빚을 지우실 수 있을 것입니다."

그제야 헬의 입가에 흐릿한 미소의 흔적이 떠올랐다. 아니, 어쩌면 비웃음이었을까. 헬은 입을 열어 쇠로 바위를 긁는 듯한 듣기 싫은 목소리로 말했다.

"좋다. 정 그렇다면 발드르의 부활을 바라는 신들의 마음이 얼마나 간절한지 보여 다오."

"어떻게 말입니까?"

"아스가르드의 모든 신들부터 시작해서 하찮은 피조물들에 이르기까지 산 자들의 세상 모두가 발드르를 위해 눈물을 흘린다면, 내 그를 산 자들의 세상으로 돌려주겠다."

쉽지 않은 조건이었지만, 그 말에 헤르모드로 가장한 오딘은 고개를 끄덕였다.

"좋습니다."

그는 그 말만 던지고 바삐 말을 몰아 다시 아스가르드로 돌아갔다.

"잠시 장례 준비를 멈추시오. 우리가 사랑하고 아끼는 발드르를 돌려받을 조건을 협상하고 왔소."

마침 아스가르드 신들은 뒤늦게 발드르의 죽음을 받아들이고 옷을 찢으며 통곡하고 있었다. 오딘은 이미 비탄에 잠겨 있던 아스가르드 전체에 발드르를 돌려받을 조건을 널리 전했다. 신들은 그 조건을 맞출 수 있다고 믿어 의심치 않았다. 발드르는 그만큼 사랑받는 신이었거니와, 오딘과 프리그의 명령이 더해지지 않았는가. 또다시 전령들이 방방곡곡으로 떠났다.

그러나 모든 신들이 눈물을 흘리고, 발키리들이 울고, 발할라에 모인 전사들이 울고, 모든 인간과 짐승들만이 아니라 이전에 발드르를 해하지 않겠다고 맹세했던 만물이 우는데도 눈물 한 방울 흘리지 않고 냉엄하게 얼굴을 찌푸리는 자가 하나 있었으니, 어느 동굴에 홀로 앉은 거인 노파였다. 프리그는 이 노파를 발견하고 다가가 간곡히 말했다.

"그대가 누구인지는 모르겠으나, 발드르를 사랑하지 않았다면 자식을 잃은 이 어미를 생각해서라도 눈물을 흘려 주지 않겠는가.”

그러나 노파는 오히려 그런 부탁을 받는 순간을 기다렸다는 듯 소리 높여 웃었다.

“아, 울어 주지. 마른 눈물로 울어 주지. 발드르는 살아서나 죽어서나 나에게 기쁨을 주니까! 헬이 마음껏 데리고 있으라지!”

찡, 하고 약속이 깨어지는 소리가 들려왔다. 프리그는 충격에 쓰러졌고, 오딘은 깊이 좌절했다.

발드르를 되찾아 올 희망이 사라졌으니, 이제는 장례를 치러야 했다.

아흐레의 애도 기간은 이미 지났다. 신들은 발드르의 시신을 가져다가 거대한 참나무 배에 실었다. 나무배를 바다에 띄워 화장하는 것이 발드르의 지위에나, 발드르가 받은 애정에나 걸맞은 장례였기 때문이다.

프리그는 슬픔에 몸을 가누지 못했기에, 발드르의 장례는 오딘이 주관했다. 그는 불을 붙이기 전, 아니 배를 띄우기 전에 마지막으로 발드르의 이마에 입을 맞추고 그 귓가에 마지막 인사를 속삭였다.

오딘이 거인 바프트루드니르와의 수수께끼 겨루기에서 이길 수 있었던 문제, ‘오딘은 죽은 자식의 귓가에 대고 뭐라고 말했는가’의 답이 그 순간에 정해졌다.

발드르의 시신에 불이 붙는 장면을 본 순간, 발드르의 아내인 난나도 그대로 심장이 부서져 죽고 말았다. 그 자리에서 난나의 시신도 장작

위에 함께 올라갔다. 이어서 발드르의 애마도 같은 화장대에 올라갔으며, 따라 죽지는 않았다 해도 프리그 역시 슬픔에 잠겨 몸을 가누지 못했다. 모든 아스가르드 신들이 침통하고 화가 났으며, 토르는 내내 묠니르를 움켜쥔 채 살벌하게 눈을 부라렸다. 누구든 비위를 거스르면 쳐 죽일 태세였다. 발드르의 장례식에는 서리 거인과 산악 거인들도 왔으나, 다행히 토르와 시비가 붙지는 않았다. 그랬다면 그 자리에서 대량 살육이 벌어졌으리라.

신들은 발드르와 난나의 시신이 불타 완전히 재가 될 때까지 바닷가에 망연히 서 있었다. 그들은 빛과 순수를 잃었으니, 이제 올 것은 어둠뿐이었다.

복수와 예언

앞으로 조금 돌아가, 프리그가 만물에게 발드르를 해치지 않겠다는 맹세를 받는 동안 오딘이 자리를 비운 까닭은 이러했다.

오딘은 오래전, 아주 오래전, 세상이 만들어진 순간부터 존재하는 한 가지 예언을 알고 있었다. 그리고 발드르가 악몽에 시달리자 그 예언이 떠올랐다. 그는 프리그가 여러 신들의 도움을 받아 발드르에게 생길 위험을 미리 제거하는 사이, 다리가 여덟 개 달린 애마 슬레이프니르를 타고 달렸다.

보통 오딘이 슬레이프니르를 타고 생명나무 이그드라실의 줄기를 따라 달릴 때 찾아가는 곳은 이그드라실의 뿌리에 있는 샘, 그중에서도 미미르의 샘이었다. 그러나 이번에는 달랐다. 오딘은 니플헤임 옆에 붙은 어둠의 땅, 헬이 지배하는 세계로 향했다.

헬은 로키가 거인 앙그르보다와의 사이에서 둔 자식이었다. 로키는 앙그르보다와의 사이에서 자식을 셋 두었는데, 첫째는 늑대 펜리르이고, 둘째는 뱀 요르문간드였으며, 셋째는 거대한 소녀의 모습을 한 헬이었다. 로키는 태어난 순간부터 자식들을 본체만체하며 앙그르보다의 꼬임에 넘어갔을 뿐이라 발뺌했기에, 세상에 태어난 이들을 어떻게 해야 하는가는 아스가르드 신들의 몫이 되었다.

첫째인 펜리르는 처음에는 아스가르드의 신들과 가까이 지냈다. 부모가 돌보지 않아 신들이 키웠는데, 태어난 순간부터 이미 어떤 늑대보다 더 컸고, 불타는 화산같이 이글거리는 눈에 산이라도 물어뜯을 듯한 이빨을 지녔다. 게다가 펜리르는 날로 몸집이 더 커졌으며 그만큼 더 사나워졌다.

아스가르드 신들 중에서도 그나마 펜리르에게 다가갈 수 있는 신은 용감한 신 티르뿐이었다. 거인들에게는 재앙이나 다름없는 토르도 펜리르를 상대로는 승리를 장담하지 못했고, 거인들을 한 방에 때려잡는 망치 묠니르도 펜리르를 때렸을 때는 화만 돋우었다.

티르만큼은 펜리르에게 애정이 있었고, 가능하다면 적이 되지 않을 방법을 찾고 싶어 했다. 신들이 합심하여 펜리르를 어떻게든 죽여 버리는 사태도 막고 싶었고, 그 반대도 막고 싶었다. 그렇다 해도 펜리르처럼 위협적인 존재를 함부로 풀어놓을 수는 없는 일. 펜리르가 위험하다는 것은 부정할 수 없는 사실이니, 신들이 안심하려면 펜리르를 묶어 놓는 수밖에 없었다. 결국 티르도 이 계획에 참여하게 되었다. 신들은 펜리르를 묶기 위해 처음에는 아주 튼튼하고 굵은 가죽끈을 준비했다.

"네 힘을 한번 시험해 보자꾸나. 이 정도 끈으로 묶어도 네가 끊을 수 있을까?"

펜리르도 신들이 함정을 팠다는 사실은 바로 눈치챘지만, 굵은 가죽 끈쯤이야 단번에 끊을 수 있었기에 어디 묶어 보라고 했다. 신들은 가죽 끈으로 펜리르의 목과 가슴 등 온몸을 동여맸다. 그러나 펜리르가 숨을 한번 깊이 들이마시자 끈은 산산이 끊어지고 말았다.

다음으로 신들은 아주 튼튼한 쇠사슬을 준비했다. 토르라 해도 벗어나지 못할 만큼 튼튼하고 강력한 사슬이었다. 지난번 가죽끈의 두 배는 힘이 강해야 벗어날 수 있을 터였다. 그러나 펜리르는 코웃음 치며 이를 받아들였고, 이번에도 몇 번 용을 쓰고는 쇠사슬을 산산이 부서뜨렸다.

"이대로 영영 묶지 못한다면 큰일이야."

결국 오딘이 나서서 지혜를 냈다. 그는 스바르트알프헤임에 있는 최고의 드워프 장인들에게 세상에서 가장 튼튼한 끈을 만들어 달라고 주문했다.

드워프들은 아주 특별한 끈, 글레이프니르를 만들어 냈다. 고양이의 발자국 소리, 여인의 수염, 산의 뿌리, 곰의 인대, 물고기의 숨결, 새의 침으로만 만들 수 있는 물건으로, 겉보기에는 비단실처럼 가늘고 매끈하기만 했으나 어떤 힘으로도 끊을 수 없다고 했다.

신들이 글레이프니르를 받아 들고 펜리르를 찾아가서 이번에는 이 끈에 묶여 보겠느냐고 하자, 펜리르는 수상쩍어하며 받아들이지 않으려 했다.

"순서가 바뀌었다면 모를까. 굵은 가죽끈으로도, 튼튼한 쇠사슬로도 나를 묶지 못했는데 가느다란 비단 끈을 가져오다니. 이렇게 나오면 이 끈에 특별한 뭔가가 있다는 게 뻔하지 않나? 나를 바보로 아는 건가?"

신들이 할 말을 찾지 못하는데, 티르가 나섰다.

"네 말이 맞다. 이 끈은 아주 특별한 물건이지. 그래서 겁이 나는 거냐? 너는 무서운 게 없잖아."

펜리르는 코웃음을 쳤다.

"그런다고 내가 속임수에 걸려들겠냐? 이 끈을 끊지 못하면 너희들한테만 좋은 구경거리일 뿐이고, 설사 끊는다 한들 나한테 명예로울 게 없잖아."

"명예가 왜 없어? 이 끈까지 끊는다면 너는 아스가르드 신들의 시험을 세 번 다 통과한 것이 된다. 세상에서 네 힘을 이길 것이 없다는 뜻이지."

이런 말에도 펜리르가 넘어가지 않자 신들은 말했다.

"마지막으로 이 끈에만 묶여 준다면 우리가 다시는 너를 귀찮게 하지 않고, 얽매지도 않겠다고 맹세한다. 이 끈을 끊는다면 너는 어떤 신도 이기지 못한 늑대라는 칭호를 얻게 되어 자유롭게 살 수 있다. 끊지 못한다면? 우리도 너를 이길 방법이 아주 없는 것은 아니구나 하고 안심하게 되겠지. 그뿐이다."

계속되는 설득에 펜리르도 마침내 말했다.

"그래도 지금까지 날 키워 준 의리도 있으니, 그렇게까지 말한다면 좋아. 단, 이상한 속임수가 없다는 사실을 증명하려면 어느 신이 내 입 안에 손을 넣고 있도록 해라."

묶여 버린 펜리르의 입에 손을 넣고 무사히 빼낼 수 있을 리가 없었다. 그러니 다들 서로 눈치만 살폈다. 결국 가장 용감한 신, 티르가 이번에도 나섰다. 티르가 오른팔을 늑대 아가리 안에 집어넣고 왼손으로 펜리르의 머리를 쓰다듬고 있는 동안, 신들이 바삐 움직여 글레이프니르를 펜리르의 목에 감고 반대쪽 끝을 거대한 바위에 묶었다.

"자, 되었다. 이제 움직여 봐라."

펜리르는 내심, 아무리 신들이 속임수를 썼다 해도 자신이 끊을 수 없는 끈은 존재하지 않는다고 생각하고 있었다. 오만한 생각이었다. 드워프들이 혼신을 기울여 만든 끈 글레이프니르는 펜리르가 아무리 용을 쓰고 펄쩍펄쩍 뛰어도 끊어지지 않았다. 아니, 끊어지기는커녕 심하게 움직일수록 더 조여들어 숨통을 막았다.

화가 난 펜리르의 목에서 무시무시한 소리가 새어 나왔지만, 한동안 조심스럽게 상황을 지켜보던 신들은 정말로 펜리르가 끈을 끊지 못한다는 사실을 확인하고 환호하기 시작했다.

"됐다! 됐어!"

"오만한 늑대야, 네가 임자를 만났구나!"

신들이 즐거워하자 펜리르는 울분을 참지 못하고 입을 꽉 다물어, 살짝 물려 있던 티르의 팔을 끊어 버렸다. 티르는 비명도 지르지 않았지만, 고개를 돌려 티르를 노려보는 펜리르의 눈동자에는 화상이라도 입을 것 같았다. 이렇게 하여 묶인 펜리르는 신들에 대한 증오를 키우며 라그나뢰크를 기다렸다.

그리고 둘째인 뱀 요르문간드는 아직 많이 크기 전에 오딘이 세계 바다에 던졌는데, 깊은 바닷속에서 세계를 휘감고 자라났다.

마지막으로 헬은 몸의 절반은 아름다웠고 나머지 절반은 썩어 있어서 양쪽을 함께 보면 기괴하기 짝이 없는 소녀였다. 신들이라 해도 헬의 눈을 마주하고 오래 버티지 못했다. 오딘은 헬을 어둠의 땅 니다벨리르에 보냈다. 그곳에서 헬은 따로 자기 영토를 만들어 병으로 죽거나 늙어 죽은 자들을 다스렸다. 용감한 전사자들은 프레이야와 오딘이 거두었고, 훌륭한 처녀들은 프레이야가 거두어 갔으나, 그 외의 죽은 자들은 모두 헬의 것이 되었다.

신들이 멀리 두고 외면한 오랜 세월 동안 헬은 제 영역을 점점 확장해 나가며 어둠과 죽음을 지배했다. 이 땅은 곧 니다벨리르라는 이름을 잃고 그 주인과 같은 이름, 헬이 되었으며 헬의 나라라는 뜻에서 헬헤임이라고도 불렸다.

헬의 궁전은 곧 헬의 감옥이기도 했으니, 그곳에 들어가려면 위험 가득한 다리를 건너고, 눈보라가 몰아치는 높은 장벽을 넘어야 했다. 오딘이 탄 슬레이프니르가 어쩌면 유일하게 그 궁전으로 들어갈 수 있는 말일 터였으나, 지금 오딘의 최종 목적지는 그곳이 아니었다. 오딘은 헬의 궁전을 멀찍이 돌아서 황량한 죽음의 언덕으로 향했다. 그곳에서 예언자를 불러냈다.

"일어나라, 발라여. 일어나라."

죽음의 언덕에서 예언녀가 비틀비틀 일어났다. 죽어서 썩어 가는 시체와도 같은 몰골이었다. 음산한 목소리가 울려 퍼졌다.

"누가 나를 깨우는가. 대체 누가 드높은 천상에서 이 어두운 곳까지 힘든 걸음을 했는가."

"나는 벡탐이라 한다."

오딘은 거짓 이름을 댔다.

"침묵하지 말고 답해 다오, 발라여. 불길한 징조가 떠돌기에 확인하러 왔다. 아스가르드의 고귀한 신들 중 누구에게 변고가 일어나는가."

발라는 침묵하다가 오딘이 세 번을 반복해 묻자 겨우 답했다.

"억지를 쓰니 대답해 주마. 발드르의 술잔이 가득 차, 넘어지려 하는구나."

이는 발드르의 악몽을 설명하는 예언인 동시에, 프리그가 지금 추진하고 있는 대책이 성공하지 못한다는 뜻일 터였다. 오딘은 다시 물었다.

"침묵하지 말고 답해 다오, 발라여. 나는 모든 것을 알고 싶은 자이니, 오딘의 가장 빛나는 아들이 기어코 죽음을 피할 수 없는가? 누가 발드르를 죽이는가?"

발라가 허공과도 같은 눈을 크게 뜨며 마치 하나가 아니라 세 명과도 같이 변화하는 목소리로 차례차례 답했다.

"오딘의 자식은 목숨을 잃어야만 한다."

"피할 수 없는 일이다."

"호드르가 가장 빛나는 신을 헬에게 데려오노라. 호드르가 발드르를 죽일 터이니, 오딘의 자식은 죽음을 피할 수 없다."

호드르라는 이름에 오딘은 충격을 받았다. 누군가가 발드르를 해친 다면 요툰헤임의 거인들이 일순위요, 아스가르드에서라면 로키가 아닐까 생각했기 때문이다. 호드르는 경계할 상대도 아닐뿐더러 친형제가 아닌가.

호드르가 어떻게 발드르를 죽이게 되는지, 어떻게 하면 막을 수 있는지 묻고 싶었지만, 예언자에게 던질 수 있는 질문은 셋뿐이었다. 오딘은 깊이 고민하다가 겨우 입을 열어 세 번째 질문을 던졌다.

"침묵하지 말고 답해 다오, 발라여. 나는 모든 것을 알고 싶은 자이니, 누가 발드르의 복수를 할 수 있는가?"

호드르는 오딘의 아들이니, 그의 손으로 직접 복수할 수는 없기 때문이었다.

그러자 예언자는 입을 귀까지 찢어 마치 웃는 듯한 얼굴로 오딘을 바라보며 답했다.

"발드르의 복수를 할 수 있는 존재는 오직 발리뿐이로다. 오딘의 아들 발리는 서쪽에서 린드의 몸에서 태어나리니."

순간 오딘은 무심코 말했다.

"린드? 린드가 어디 사는 누구지? 내게 발리라는 자식은 없는데 어떻게……."

죽은 예언자의 몸이 크게 부풀며 메아리가 울려 퍼졌다.

"너는 벡탐이 아니다. 너는 오딘이로구나. 만물의 아비로구나."

"오딘이여, 네 자랑스러운 말을 타고 돌아가라."

"발드르의 죽음은 예정된 종말을 부를 테니, 네가 애쓰는 모든 일이 예언에 들어맞으리라."

그제야 오딘 또한 정신을 차리고 외쳤다.

"내가 벡탐이 아니라면 너 또한 발라가 아니로구나. 지혜의 여인이 아니라 괴물들의 어미로구나!"

거대해진 발라가 입이 찢어져라 웃으며 외쳤다.

"오딘이여, 네가 자랑하는 그 말이 쓰러져 발이 묶이기 전에 냉큼 돌아가라. 네가 속한 세계로 돌아가서 마음껏 으스대고 다녀라. 신들의 몰락이 시작될 때까지!"

무시무시한 웃음소리가 오딘의 등 뒤를 따라왔다.

장례가 끝났으니 이제 발드르의 핏값을 받아 내야 했다. 호드르에게는 발드르를 해칠 마음이 없었다 하나, 발드르를 죽인 것은 그의 손이었다. 그러나 오딘과 프리그는 호드르의 아비와 어미로서 어떻게 할 수가 없었고, 다른 신들 또한 손이 묶인 것이나 다름이 없었다. 프리그는 복수를 포기했다. 그러나 호드르가 반드시 대가를 치러야 한다고 생각한 오딘은, 복수의 예언을 돌이켰다.

"호드르를 죽일 수 있는 자는 발리뿐이며, 발리는 오딘과 린드의 아들이라."

복수를 위해 오딘은 린드를 찾아야만 했다. 예언에서 린드는 서쪽에서 발리를 낳는다 했으니, 오딘은 미드가르드 서쪽에서 린드라는 여인을 찾아야 했다. 오딘은 왕좌에 올라 서쪽을 보았다. 린드는 루테니아 왕의 딸이었다.

오딘은 변장을 하고 루테니아로 떠나, 린드에게 접근했다. 처음에는 늠름한 장군으로 가장했고, 그게 잘 통하지 않자 세심하고 말주변도 좋은 금세공인으로, 그것마저 통하지 않자 젊고 잘생긴 전사의 모습으로 린드의 마음을 사로잡아 보려 했다. 그러나 세 번의 시도가 모두 실패했다.

오딘은 필요하다면 얼마든 매력을 발휘할 수 있는 신이었으나, 린드만큼은 그런 매력이나 말솜씨로 꾀어낼 수 없다는 것이 명백해졌다. 세 번을 시도해서 모두 실패했다면 그만두어야 한다는 뜻이었건만, 오딘은 도저히 발드르의 복수를 포기할 수가 없었다. 냉철한 판단이 아니라는 것을 알면서도, 복수에 집착할 수밖에 없었다. 매력이 통하지 않는다면 이제 마법과 속임수를 쓸 차례였다.

오딘에게는 이그드라실에서 아흐레 동안 삶과 죽음의 경계를 지낸 후에 알아낸 룬 마법의 노래가 있었다. 강제로 사람을 움직일 수 있는 노래들이었으나, 먼 곳에서 쉽게 쓸 수 있는 마법은 아니었다. 그는 조금 더 쉬운 방법을 써서 린드가 미치게 만든 후, 노파의 모습으로 변신하여 자신이 린드를 치료할 수 있다고 했다. 그리고 치료를 위해서라며 모두를 물러가게 한 뒤에 제정신이 아닌 린드를 임신시켰다. 그 결과 아홉 달 뒤에 발리가 태어났다.

발리는 린드에게서 태어난 지 하루 만에 일어나, 오딘이 쥐여 준 칼을 잡고 호드르를 쳤다. 오직 복수를 위해 태어나 복수를 이루었으니, 발리가 오딘의 자식으로 태어나서 한 일은 그것이 다였다. 처음이자 끝이었다. 발드르와 호드르, 발리는 모두 오딘의 자식이었으니, 호드르는 발드르를 죽인 죄로 죽었고, 발리는 호드르를 죽인 죄로 그 자리에서 죽었다.

오딘이 복수를 위해 지금까지 넘은 적 없는 선을 넘었으니, 친족 살해의 대가는 본래 발리가 아니라 오딘이 치러야 할 것이었다. 마지막 순간에.

한편, 로키도 이번만큼은 그냥 빠져나가지 못했다. 이번에 로키가 저지른 짓은 못된 장난 정도가 아니었다. 로키는 호드르의 손을 움직여 발드르를 죽였고, 헬에서 발드르가 돌아오는 것도 막았으며, 가장 중요하게는 이를 누구에게도 들키지 않았다. 그러나 호드르가 죽을 때까지도 자신이 한 일을 들키지 않았다고 기고만장해진 것이 화근이었다.

평소와 같이 벌어진 술자리였다. 아스 신들은 로키가 아무렇지도 않은 듯 들어오자 떠들던 입을 다물고 외면했다. 로키가 무슨 짓을 했는지 정확하지는 않았으나, 로키가 발드르의 장례식에 참여하지 않았다는 점은 모두 알고 있었다. 발드르를 되찾기 위해 프리그가 눈물을 흘려 달라고 돌아다닐 때에도 로키가 보이지 않았다는 사실 또한 알고 있었다.

로키는 냉랭한 분위기를 못 본 척하고 외쳤다.

"뭐야. 목이 말라서 들어왔더니만, 멀리서 왔는데 나에겐 술 한잔 안

주나?"

로키는 식탁을 탕탕 치며 말했다.

"어찌 이리 조용하신가? 대답도 안 하기인가? 내가 앉을 자리를 마련해 주든가, 아니면 나가라고 쫓아내든가 하지?"

아무도 말이 없는 가운데, 프레이야가 차갑게 말했다.

"신들은 누구와 술을 나눠 마셔야 할지 잘 알고 있지. 여기에 로키를 반기는 자는 없다."

"입 닥치시지, 프레이야. 침대를 누구와 나눠야 하는지 가리는 게 없는 당신이 그렇게 고고한 척 말하는가?"

프레이야가 무섭게 화를 내려는 순간, 로키는 두 팔을 높이 치켜들고 마치 경배하는 듯한 자세로 오딘을 가리켜 말했다.

"오딘이여! 내가 당신들을 위해 공을 세웠을 때는, 나를 의형제라 부르고 내가 없는 자리에서는 술을 마시지 않겠다고까지 했던 오딘! 그 맹세는 없던 일이 된 거요? 아스가르드 신들이 그렇게 중요하게 여긴다는 맹세가 이렇게 헌신짝처럼 버려지는 건가?"

그 맹세는 사실이었던지라, 오딘이 쯧 혀를 차며 말했다.

"자리를 마련해 주어라."

마지못해 자리가 마련되고, 로키 앞에 술잔이 놓였다. 그러나 신들 중 아무도 로키에게 말을 걸거나 술을 따라 주려 하지 않았다.

이미 마음이 상했던 로키는 술을 몇 잔 마시고 나서 독설을 퍼붓기 시작했다.

"아스가르드의 신들이여 만만세! 대단들 하십니다그려. 다들 위선 떨며 마시고 있는 꿀 술에 독을 풀고, 그 뻔뻔한 낯짝에 욕설을 침처럼 뱉어 주고 싶군. 그리 잘난 척들 하지만 너희가 무엇이 그리 떳떳한가? 너희가 으스대며 앉은 그 궁전의 성벽도 내 간계로 얻어 낸 것이요, 너희가 든 무기 또한 내가 얻어다 준 것이거늘! 너희가 정녕 주장하는 대로 명예를 알고 약속을 지켰나? 너희가 정녕 위엄 부리는 만큼 고결하고 정직했던가?

너희는 성벽을 공짜로 얻고 싶은 마음에 무리한 기한을 주자는 내 말에 금세 넘어갔지. 그래 놓고선 기한 안에 성벽을 완성할 것 같으니까 다 내 책임으로 돌리고 나를 잡으려 들었어! 그래, 내가 꼬드겼다 한들 너희 중에 누구 하나라도 그것은 맹세를 저버리는 비열한 행동이라고 나서서 말한 자가 있었나? 그리고 마침내 내가 몸 바쳐 거인의 말을 따돌린 덕분에 성벽을 무료로 얻었을 때, 나에게 고맙다는 말 한마디 한 자가 있었나? 내가 드워프들 최고의 작품을 공짜로 얻어다 주었을 때는? 내가 황금 사과를 다시 찾아왔을 때는? 너희는 진작부터 염치와 고마움을 모르는 타락한 것들이었어!"

보다 못한 프레이르가 나서서 로키를 달래려 했다.

"그만하고 술이나 마십시다, 로키."

"프레이르! 어이쿠! 비겁하고 못난 놈이 잘도 나섰군. 반한 여자에게 직접 구애도 하지 못한 나약한 놈. 칼을 줘 버린 것도 어울리는 짓이긴 해. 그뿐인가. 결국 반했다는 여자도 황금과 칼로 사들인 셈이 아닌가.

그렇게 해서 얻은 여자를 곁에 두고 행복해하다니, 눈먼 바보가 따로 없어. 과연 그 여자가 널 사랑하기는 할까? 네 착각이 아니고?"

언제나 밝고 아름답던 프레이르의 얼굴이 벌게졌다. 로키는 순식간에 화살을 다른 곳으로 돌렸다.

"거기 토르도 있었군! 토르, 너는 또 어떤가. 비겁하다고는 못 하겠군. 머리는 나쁜 것이 성질은 급하고, 한번 흥분하면 미친놈처럼 날뛰지! 거인에게 성벽을 홀로 쌓게 시켜 놓고서는 대가를 내놓으라고 화냈더니만 냉큼 나가서 거인을 쳐 죽였지! 네 행동이 정말로 정당하다고 믿었나? 그뿐인가, 우트가르드의 로키에게 속아 넘어갔을 때는 어떠냐? 너는 스크리미르가 묶었던 끈도 풀지 못하고서는 부끄러워하진 못할망정, 자고 있을 때 적을 때려죽이려 들었지! 그것도 세 번이나! 나중에 가서 그게 속임수였고 네 망치가 적중했다면 죽었을 거라 고백하니 자신감이 회복되더냐? 멍청한 놈! 속임수에 넘어갔을 때 너는 멍청이라는 점을 증명했을 뿐이야!"

평생 제일 큰 패배에 대해 지적받은 토르는 분노하여 벌떡 일어섰다. 그러나 아무리 토르가 화가 나서 앞이 보이지 않을 지경이라 해도 오딘 앞에서 함부로 망치를 휘두를 수는 없었다.

결정적인 순간은 로키가 오딘에게 화살을 돌렸을 때 왔다.

"하! 오딘이여, 네가 최악이다. 언제나 최악이었지. 너는 나 못지않게 교활하고 비열한 모리배야. 네가 속인 자들이 얼마이며, 희생시킨 자들은 또 얼마냐. 네가 어긴 약속이 얼마이고, 무시한 맹세가 얼마냐.

전쟁터에서 훌륭하게 싸운 이들을 거두어 잘 대접한다고 속이고서 결국에는 네 전쟁에서 싸울 자들을 모집했지. 그걸 위해 이겨선 안 될 자들이 전쟁에서 승리하게 해 주고! 부당한 줄 알면서도 네 멋대로 승패를 가르고! 인간들을 자비롭게 거두는 척했지만 도와 달라는 간구 하나 제대로 들어준 적 없는 오딘! 탐욕만은 확실히 신들의 왕이라 할 만한 오딘! 그렇게 온갖 수작을 다 부렸어도 결국 발드르의 죽음을 못 막았으니 꼴좋구나! 복수한답시고 자식을 낳아 제 자식을 치게 만들다니, 그거야말로 형제가 형제를 죽이고 아비가 자식을 버리는 세상을 만든 꼴이 아닌가?"

로키가 껄껄 웃고 다른 신들이 모두 술렁이는 사이, 어두운 얼굴로 조용히 앉아 있던 프리그가 고개를 들어 로키를 노려보았다. 그 눈에서 시퍼런 불길이 쏟아지는 듯했으나, 흘러나온 목소리는 비통했다.

"실로 함부로 입을 놀리는구나, 로키. 그 더러운 입과 추한 혀가 네게 어떤 재앙을 불러올지 겁도 나지 않는가?"

로키는 껄껄 웃었다.

"왜, 존경받는 프리그. 지혜로운 프리그의 배신과 악행도 내가 다 읊어 드릴까? 배신 따위는 입에도 담을 수 없다는 얼굴을 하고 있지만, 정녕 그랬다면 친어머니인데도 발드르의 궁전에 못 들어가지는 않았을 테지! 그 궁전은 진정으로 고결한 이가 아니면 못 가는 곳이었으니 말이야."

"여기에 발드르가 있었다면 네가 그렇게 함부로 입을 놀리진 못할 텐데."

"그랬으려나? 그랬을지도 모르지. 어쨌거나 발드르는 두 번 다시 신들의 모임에 참석하지 못해! 그 으스대는 모습을 못 보는 것도 다 내 덕분이지!"

그 소리가 천둥처럼 울려 퍼졌고, 연회 자리가 얼어붙듯 조용해졌다. 오딘이 일어섰다. 그 순간 알아차렸던 것이다.

"너였구나!"

그 한마디에 많은 말이 담겨 있었다. 호드르를 꾀어 죽인 것이 너였구나. 발드르가 돌아오지 못하게 웃은 것이 너였어. 예언자 발라를 찾아갔을 때 가장하고 나타나서 나를 조롱한 것 또한 너였는가?

오딘은 입을 열지 않았지만, 그런 말들이 큰 소리로 울려 퍼지는 것 같았다. 그제야 정신을 차린 로키는 전력을 다해 달아났다.

멀리멀리 달아난 로키는 어느 바위 속에 집을 하나 짓고 그 안에 숨었는데, 그 집에는 사방을 볼 수 있게 문이 네 개 있었다.

그래 봐야 소용없었다. 오딘이 흘리드스칼프 왕좌에 앉자 로키가 어디 있는지 똑똑히 보였다. 오딘이 장소를 알려 주자 토르가 이를 갈며 달려 나갔다. 다른 신들은 토르가 로키를 바로 쳐 죽일까 두려워 따라갔다. 로키에게 화가 나지 않아서가 아니라, 그의 죄에는 더 고통스러운 형벌이 내려져야 마땅했기 때문이다.

오딘이 손쉽게 찾아냈다고는 하지만, 호락호락 잡힐 로키는 아니었다. 로키로서도 종일 바위 집에 숨어 있기는 지루했기에, 낮이면 한 번씩 연어로 변신하여 강 속을 돌아다니기도 했다. 그러다가 문득, 혹시 연어로 변했을 때 신들이 잡으러 오면 어떻게 하나 하는 생각이 들었다. 낚싯줄을 드리우려 한다면야, 미끼를 무시하면 그만이다. 토르가 헤엄쳐 들어온다면 로키가 물속에서 잡힐 리가 없고, 아예 개울 바닥 쪽에 숨어 있으면 오딘이 왕좌에 앉는다 해도 잘 보이지 않을 터였다. 그렇다면 조심해야 하는 것이 또 무엇이 있을까. 그런 생각을 하며 앉아 있다 보니, 무심코 로키의 손이 털실로 그물을 뜨고 있었다.

"흠, 그렇군. 이런 물건이 있으면 미끼를 물지 않아도 물고기를 낚아 올릴 수 있겠어."

로키는 직접 만든 그물을 보며 그렇게 중얼거렸다. 사실 이것이 최초의 그물이었다. 그러다가 문득 문밖을 보니, 신들이 멀지 않은 곳까지 와 있었다. 그물 짜기에 열중하다가 감시를 깜빡했던 것이다. 로키는 펄쩍 뛰어올라 바로 도망치려다가 퍼뜩 생각이 나서 그물을 불에 던져 넣었다. 그리고 얼른 연어로 변신해서 강에 숨었다. 신들이 도착했을 때는 로키는 이미 종적도 없이 사라진 뒤였다.

토르는 분통을 터뜨리며 바위 집을 부술 기세로 날뛰었지만, 토르를 따라온 헤임달이 불 속을 헤쳐 보고는 타다 남은 실 조각들을 발견했다.

"잠깐! 잠깐 있어 봐요, 토르."

헤임달은 지혜롭고 신중한 신이었기에, 타다 남은 것을 보고 곧 어떤 물건인지 유추해 냈다.

"이건 물고기를 잡을 수 있는 도구야!"

그렇다면 로키가 물고기로 변신하여 숨었다는 뜻이었다. 토르는 그 말을 듣자마자 바로 가까운 개울로 뛰어갔다. 헤임달은 토르를 바로 따라가지 않고 다른 신들을 재촉하여 그물을 다시 만들었다. 그물을 만들고 나서 따라가 보니 토르는 개울물을 망치로 때리며 화를 내고 있었다.

"이 그물로 잡아 봅시다."

헤임달이 침착하게 방법을 설명했다. 토르가 그물 한쪽을 잡고, 헤임달을 포함한 다른 신들 모두가 반대쪽을 잡은 후 개울을 훑으며 걸리는 것은 모조리 잡는다는 계획이었다.

물속에 숨어 있던 로키는 물론 당황했다. 토르가 거칠게 물속을 헤집고, 망치로 물을 튀길 때는 비웃을 수 있었지만 그물을 피하기는 쉽지 않았다. 로키가 얼른 개울 바닥으로 내려가서 두 개의 돌 틈에 숨자, 아슬아슬하게 그물이 로키 바로 위를 스치고 지나갔다. 신들은 그물을 들어 올렸다가 다시 집어넣었고, 로키는 그물을 피해 허둥지둥 하류로 헤엄쳐 갔다. 그러나 또다시 그물을 피하고 나서 보니 아뿔싸, 바다가 바로 앞이었다.

이제는 신들도 연어가 로키라는 사실을 눈치채고 열심히 따라붙고 있었다. 강을 벗어나 바다로 쓸려 갈 것이냐, 아니면 높이 뛰어올라 그물을 타 넘어서 도망갈 것이냐 선택의 기로였다. 로키는 이번에도 다시 한번 신들을 골려 주겠다고 결심하고 온 힘을 다해 뛰어올랐다.

성공이었다! 로키는 그물을 훌쩍 뛰어넘었다.

그러나 그 순간을 기다리고 있었다는 듯, 토르의 커다란 두 손이 연어로 변한 로키를 움켜잡았다. 나머지 신들이 달려들어 그 커다란 연어를 그물로 칭칭 휘감았다.

신들이 모여 판결을 내렸다.

로키는 바위산 속 동굴 안에 꽁꽁 묶여 누워 있게 되었고, 그 머리 위로 독한 뱀의 독액이 한 방울, 한 방울씩 떨어져 내렸다. 로키의 충실한 아내 시긴이 그릇을 받쳐 들고 독액을 받았지만, 그릇이 가득 차서 비우러 움직일 때는 어쩔 수 없이 독액이 로키의 이마에 떨어졌다. 독액이 이마에 떨어져 살을 태울 때마다 로키는 고통에 몸부림치며 신들에게 저주를 퍼부었다.

"빛을 잃은 것을 내 탓으로 돌리지 마라! 너희는 스스로 몰락을 자초했으니!"

로키는 이마에 떨어진 독액이 피부를 태우자 비명을 지르다가, 다시 낄낄대며 말했다.

"너희가 발드르를 그토록 사랑한 이유를 내 말해 주랴? 발드르는 너희의 위선을 지탱하는 상징이었다! 그래, 발드르만큼은 그 손에 무고한 이의 피를 묻힌 적도 없고, 고결한 맹세를 깬 적도 없으며, 신의를 저버린 적도 없었지! 그 티끌 한 점 없는 놈을 보면서 너희는, 이런 자가 우리 중에 있으니 우리도 저와 같다, 이렇게 믿고 싶었던 거야! 너희 중에 발드르의 궁에 들어갈 수 있을 만큼 깨끗한 자가 하나도 없다는 걸 알면서도! 너희가 기어코 발드르를 지키려고 든 이유는 오직 그것이었다! 그래, 그래서 내가 그 환상을 깨 주고 싶었다!"

"이제 거울에 비친 스스로의 모습을 똑바로 보아라, 아스가르드여. 그리고 너희가 이미 타락하여 몰락으로 달려가고 있음을 인정해라. 발라가 일찍이 예언했듯이, 형제가 서로를 죽이고 아비가 자식을 외면했지. 복수에 눈이 멀어 오딘이 예언을 완성했도다."

로키가 신들을 욕하고 저주하며 말한 내용은, 그 말에 독이 서리기는 했어도 모두 사실이었다. 오딘은 직접 전쟁의 승패를 가르고 운명에 개입하곤 했으며 신의를 저버렸다. 아스가르드 신들은 언제나 맹세를 중시하며 계약을 지키지 않는 로키를 비난하곤 했지만, 사실은 지키는 듯하면서 교묘하게 빠져나갈 때가 많았다. 아스가르드 성벽을 둘러싼 약속이 과연 그러했으니, 마지막 전쟁에서 꼭 필요한 성벽이라는 이유로 지켜야 할 약속을 외면한 일이었다. 황금에 대한 탐욕 또한 그러했다. 신들은 그것이 황금에 대한 탐욕이 아니라고 정당화했을지 모르나, 드워프들이 만든 역작을 얼른 받아 챙긴 것은 로키가 아니라 아스가르드의 신들이었다. 그리고 발드르는 신들이 진정으로 고결한 존재라고 믿을 수 있는 상징이었다. 신들은 아무 대꾸도 하지 않았으나, 이미 알고 있었다.

로키에 대하여

토르와 로키는 마블 히어로물의 등장인물로, 북유럽 신들 중에서 제일 유명할 것이다. 마블 코믹스와 영화에서 토르는 외계인으로 지구에 오게 된 슈퍼히어로다. 북유럽 신화란 지구인이 과거에 찾아온 아스가르드 외계인들을 신으로 믿으면서 전설로 이어졌다는 설정이다. 좋은 재해석이지만, 영화가 크게 흥행한 덕분에 토르와 로키가 형제 관계라고 생각하는 사람이 많아진 듯하다. 영화에서 로키는 서리 거인족으로 오딘에게 입양되어 오딘과 프리그가 키운 양아들로 나온다.

사실 북유럽 신화의 얼마 안 되는 원전에서 로키의 정체나 혈통이 나온 적은 없다. 로키가 본인 입으로 오딘의 의형제라고 말하는 장면이 있을 뿐이다. 토르와 함께 여행을 하거나, 토르와 티격태격하는 이야기가 많기는 하지만 아무래도 원래는 오딘의 대적자로 보인다. 괴물들의 아비라는 점도 그렇고, 결국 라그나뢰크를 일으킨다는 점에서도, 오딘과 우열을 가리기 힘든 속임수의 대가라는 점에서도 그렇다.

확증할 수는 없지만 북유럽 신화 여기저기에 나온 다른 캐릭터들도 사실 로키가 아닐까 하는 생각을 한다. 이를테면 프레이르 이야기에 나오는 하인 스키르니르가 그러하다. 신도 아니고 거인도 아닌데 프레이르를 능가하는 능력자이고, 프레이르를 위하는 듯하면서 소중한 칼을 빼앗아 간다는 부분이 로키와 비슷해 보이지 않는가. 또 토르를 철저히 패배시켰던 우트가르드의 로키가 사실 로키라는 점은 그 이름에서 쉽게 확인할 수 있을 것이다.

그러고 보니 영화 〈토르:라그나로크〉에서는 토르와 로키만 형제가 된 게 아니라, 헬라(헬)가 이 둘의 누나로 나온다. 로키의 자식이 오딘의 자식으로 둔갑하고, 아버지가 동생이 된 셈이다. 이 역시 재미있는 각색이다. 불길한 힘을 지닌 강력한 첫째 딸을 봉인했다는 사실이 드러나는 바람에 오딘은 원전과 또 다른 형태로 나쁜 신이 되었지만 말이다.

최후의 대전

모든 시작에는 끝이 있으며 모든 창조에는 파괴가 뒤따르기 마련이다. 일찍이 예언에서 이르기를, "앎을 추구하는 이는 미리 알고 있으니, 세계는 멸망하고 아스 신들은 몰락하리라." 하였다. 그리고 동족 간의 싸움, 깨어진 맹세, 황금에 대한 탐욕 이렇게 세 가지 징조가 신들의 타락을 보여 주고 라그나뢰크로 가는 길을 재촉한다고 했다.

분명 발드르의 죽음은 라그나뢰크의 결정적 신호였다. 그러나 예언을 완성한 것은 어쩌면 발드르가 죽은 후에 벌어진 참혹한 복수극이었는지도 모른다.

발드르가 불타서 재가 되고 그 복수가 이루어졌다 하여 대전투가 바로 벌어지지는 않았다.

우선 재앙이 먼저 왔다. 땅을 뒤흔드는 지진이 일어나고, 다음 지진이 올 때까지의 간격이 점점 줄어들었다. 바위산이 갈라지고, 지하 동굴 위로 무너져 내렸다. 갈 곳 잃은 드워프들이 바위틈에 끼어 신음했다. 잦은 지진에 해일이 뒤따랐다. 요르문간드 뱀이 서서히 몸을 일으키기 시작했다는 의미였다.

화산이 폭발하고, 그 재가 하늘을 뒤덮었다. 자욱한 어둠 속에서 봄이 오지 못하고 겨울이 계속 이어졌다. 사방에서 눈보라가 휘몰아치고, 서리가 내려앉은 후에 녹지 않고 또 서리가 내려 두껍게 얼어붙었으며, 끊임없이 뼈를 관통할 듯한 칼바람이 몰아쳤다.

긴 겨울로 풀이 자라지 않으니 풀을 먹고 사는 짐승들이 죽고, 미드가르드의 인간들도 굶어 죽어 갔다. 기아와 함께 곳곳에서 전쟁이 일어났다. 사람들이 시체를 먹다가, 끝내는 서로를 잡아먹고, 아이를 잡아먹었다. 신들을 향한 기도가 이어지다가 아무 응답이 없자 서서히 잦아들고, 마침내는 아무런 기도 소리도 울리지 않게 되었다. 겨울바람 속에서 지상의 생명이 모두 사라져 갔다. 그러다가 마침내 이그드라실이 몸을 떠는 날이 왔다.

계속해서 회의를 열며 입씨름만 계속하던 아스가르드의 신들은, 이그드라실이 몸을 크게 떨자 모두 하던 말을 멈추고 생명나무를 바라보았다. 생명나무의 잎이 말라 갔다. 미드가르드의 생명이 모두 사라진다 해도 신들에게는 타격이 없었으나, 이그드라실이 생명력을 잃는다면 신들 또한 끝이었다.

긴장감이 차오르는 가운데, 오딘은 마지막으로 다시 한번 슬레이프니르에 안장을 얹고, 이그드라실의 뿌리를 향해 내려갔다. 오딘이 자주 찾던 곳, 미미르의 샘을 향해서였다. 머리만 남은 미미르는 언제나처럼 조용히 샘가에 놓여, 잠을 자듯이 눈을 감고 있었다.

"미미르, 내 친구여. 긴히 의논할 게 있어서 왔네."

미미르는 눈을 뜨고 고요히 오딘을 보다가 입을 열었다. 그러나 그 입에서 나온 말은 무슨 의논이냐는 질문이 아니었다.

"내내 궁금했던 게 있네. 대답해 주겠나?"

그는 오딘의 답을 기다리지 않고 말을 이었다.

"왜 내 목을 잘랐나?"

"무슨 소린가. 자네 목을 자른 건……."

"그래. 바나헤임의 신들이었지. 평화의 징표로 프레이야와 프레이르가 아스가르드에 오고, 회니르와 내가 바나헤임에 갔을 때에. 그런데 이상하지 않나? 평화의 뜻으로 교환한 인질인 내 목이 잘렸는데도 아스가르드와 바나헤임은 다시 전쟁을 벌이지 않았고, 프레이야와 프레이르는 아스가르드에서 잘만 지냈어. 그렇게 치자면 애초에 왜 내가 인질로 가게 된 걸까. 나는 아스 신족도 아닌데."

미미르는 맑은 눈으로 오딘을 똑바로 쳐다봤다.

"나에게 회니르를 도와 달라고 부탁한 건 자네였지. 바나헤임이 요구한 것은 아스가르드에서 제일 현명한 신이라면서, 회니르로는 부족하니 내가 따라가서 도와줘야 한다고 했지. 나는 오딘의 친구이자 회니르의 조언자라는 자격으로 바나헤임에 갔어. 그리고 목이 잘렸고. 그 잘린 머리를 자네가 주워 얼른 되살린 덕분에 여기에 있게 되었지. 자네가 필요할 땐 언제나 여기 있고, 언제나 조언을 해 주며, 자네의 어떤 비밀도 발설하지 못하는 참으로 편리한 친구가 되어서 말이야."

잠시 물소리만 잔잔하게 울렸다. 오딘은 반박하지 않았고, 미미르는 화내지 않았다. 그저 조용히 말했을 뿐이다.

"왜 그랬나? 정말로 그저 편리한 조언자를 두기 위해서였나? 뭘 위해서?"

오딘은 외눈으로 미미르를 보았다.

"이미 모든 답을 알고 있을 텐데. 그래도 내 입으로 듣고 싶나? 그래. 나는 멸망을 막기 위해서라면 무슨 짓이든 할 거야. 해 왔고."

"그러나 이미 발드르는 죽지 않았나? 최후의 대전이 코앞으로 다가오지 않았나? 자네는 아무것도 막지 못했어."

오딘은 대답하지 못했다.

"부디 멸망을 막는 데 성공하길 바라네."

미미르는 그렇게만 말하고 조용히 눈을 감았다.

오딘은 막막한 심정으로 미미르를 바라보다가 다시 말에 올랐다. 이제 전쟁터에 나갈 시간이었다.

지진이 점점 강해지다가 큰 지진이 일어나 땅이 갈라지니, 펜리르를 묶어 두었던 바위가 부서지고, 로키를 잡아 두었던 산이 무너졌다. 서쪽에서 펜리르가 달리고, 그 뒤를 늑대들이 뒤따랐다. 펜리르를 따르던 늑대들은 너도나도 입을 쩍 벌리더니 해를 뜯어 집어삼켰다. 곧이어 달도 하늘에서 사라졌다. 별들이 떨어졌다.

동쪽에서 로키가 요툰헤임의 서리 거인과 산악 거인들, 트롤들을 거느리고 움직였다. 요르문간드가 독액을 토해 내며 몸을 일으켰다. 바다가 온통 독에 물들고, 북쪽에서 밀려온 해일이 육지를 뒤덮으니, 죽은 자들의 손톱으로 만들어진 배가 바다에 떴다. 그 배는 헬의 괴물 군대를 모두 태운 채 아스가르드로 향했다.

남쪽에서는 이제까지 신들과 주로 싸운 서리 거인이나 산악 거인이 아니라, 한 번도 모습을 드러낸 적 없었던 무스펠헤임의 불꽃 거인들이 움직였다. 맨 앞에는 불의 칼을 든 거인 수르트가 있었으니, 그 칼의 검붉은 광채는 밤보다 어두우면서도 태양보다 더 밝았다. 불꽃 거인들이 무지개다리 비프로스트를 밟자, 그들의 발아래에서 다리가 녹아 부서졌다. 이제 미드가르드와 아스가르드 사이의 길은 끊어졌다.

비프로스트를 지키고 있던 헤임달이 나팔을 불었다. 웅장한 나팔 소리가 길게 이어지고, 그 나팔 소리를 기다렸다는 듯이 이그드라실 꼭대기에 앉아서 날갯짓으로 세계에 바람을 보내던 흰 독수리와 이그드라실의 뿌리를 갉아 먹던 검은 용 니드호그가 동시에 날개를 펴고 날아올랐다. 무시무시한 바람이 세계를 흔들었다.

우왕좌왕하던 신들은 결론 없이 되풀이하던 회의를 끝냈다. 신들은 자리를 박차고 일어나 무장을 갖추었다. 발할라의 문이 열리고, 오딘이 거두었던 전사자들도 무기를 들고 나섰다. 발키리들도 말에 올랐다. 프레이르가 잘 접어 두었던 마법의 배 스키드블라드니르를 펼쳐 모두를 태우고 하늘에 띄웠다.

최후의 대전이 일어나리라 예정된 평원, 막힘없이 뻗어 나간 드넓은 비그리드에 양쪽 군대가 모여들었다.

먼저 움직인 쪽은 수르트와 그가 이끄는 서리 거인, 산악 거인, 트롤과 다른 괴물들이었다. 지휘는 수르트가 했으나, 수르트가 통제할 수 없는 세 괴물이 선봉에 섰으니 다름 아닌 로키의 세 자식들이었다. 입을 벌리면 하늘에 닿는 거대한 늑대가 눈에서 불을 뿜었고, 거대한 요르문간드 뱀이 몸을 길게 뻗으며 귀를 찢을 듯한 소리를 내질렀다. 헬은 들썩이지도 않고 소리를 지르지도 않았으나, 고요히 서 있는 그 모습 자체가 공포를 불러일으켰다.

아스 신들과 반 신들, 엘프와 발키리들을 이끄는 군대의 수장은 물론 오딘이었다. 평소 발할라에서 연회를 즐기며 전투 훈련을 거듭하던 전사들도 모두 무장을 갖추고 발할라를 나서서 평원에 섰다. 발할라의 540개 문마다 800명씩 행군해 나왔으니, 그동안 오딘이 모은 죽은 전사들의 수만 40만이 넘는 상황이었다. 그러나 아무리 죽음을 두려워하지 않는 전사들이라 해도 눈앞에 보이는 세 괴물의 모습에는 주춤하지 않을 수 없었다. 특히 헬의 기괴한 모습은 한번 죽은 자들에게마저 죽음의 공포를 불러일으켰다.

그때 맨 앞으로 달려 나간 오딘이 궁니르를 높이 들고 적진을 향해 던지며 외쳤다.

"가자, 아스가르드의 전사들이여!"

궁니르는 백발백중으로 노린 곳을 맞힐 뿐만 아니라, 전쟁에서 이기고 지는 편을 결정한다고 알려져 있었다. 궁니르가 떨어진 곳은 전멸한

다. 그 믿음을 떠올린 모두는 다시 사기가 올라 함성을 질렀다.

"와아아아아!"

애마를 타고 맹렬히 달려가는 오딘에게 펜리르가 쏜살같이 달려들었다. 백발백중의 창 궁니르는 이미 적진에 던져 버렸으니, 오딘은 무기 없이 펜리르와 맞붙어야 했다. 토르가 오딘 바로 옆에 있었으나, 펜리르와의 싸움을 도울 수는 없었다. 토르는 자신의 오랜 적수인 요르문간드 뱀을 상대해야 했다. 프레이르가 급히 달려갔으나 수르트가 불의 칼을 들고 중간에 가로막았으니, 프레이르는 단 두 번 만의 격돌에 무릎을 꿇어야 했다. 한번 칼집에서 뽑히면 반드시 그에게 승리를 안겨 주던 칼을 오래전에 스키르니르에게 줘 버린 탓이었다.

토르가 요르문간드 뱀과 맞붙는 것이 이로써 세 번째였다. 토르가 망치를 휘둘러 머리를 때리자 뱀이 울부짖으며 독액을 토했다. 한 번 때리면 어떤 거인이라도 죽이는 쇠망치 묠니르가 두 번, 세 번, 네 번 뱀의 몸을 때리고 머리를 때렸다. 그러나 요르문간드는 길게 늘어뜨리고 있던 그 거대한 몸으로 똬리를 틀어 토르의 몸을 칭칭 감고 독니로 토르의 팔을, 어깨를, 드러난 몸 여기저기를 물었다. 떨어진 독액만으로도 살이 타들어 갔다. 토르가 무서운 힘을 발휘하여 요르문간드의 머리를 죄고 묠니르를 마저 휘두르자 드디어 굉음을 울리며 거대한 뱀이 무너져 내렸다.

"내가 이겼다."

승리의 한마디였지만, 토르의 그 말은 기세등등하게 나오지 않았다.

이미 힘을 잃은 손에서 묠니르가 빠져나가 땅에 떨어졌으니, 온몸이 뱀에게 감긴 채 독니에 물려서 독이 이미 심장에 이른 탓이었다. 거인들의 두려움이었던 토르도 요르문간드 곁에 쓰러졌다.

오딘은 그 모습을 낱낱이 다 보았다. 오딘은 이미 펜리르에게 물려 쓰러졌으나, 아직 그 외눈은 감기지 않았다. 제때 달려온 티르가 펜리르와 맞붙은 덕이었다. 한때 펜리르를 아꼈으나, 그 위험한 늑대를 묶기 위해 한 팔을 희생했던 티르였다. 티르는 본래 토르 버금가게 힘이 강했으니, 막 오딘을 집어삼키려 입을 크게 벌린 펜리르의 턱을 발로 밟고 있는 힘껏 위턱을 잡아당겨 늑대의 입을 찢으려 했다. 펜리르가 포효하며 입을 닫아 티르를 씹으려 했으나, 이미 오딘과 싸우며 힘을 많이 쓴 후였다. 그러나 티르 역시 한 팔로는 마지막 힘이 모자랐으니, 한참 동안 그 상태가 이어졌다.

"으아아아아아!"

한참을 버티던 티르가 마침내 소리를 지르며 어깨로 펜리르의 이빨을 받아 내고, 어깨와 등으로 위턱을 버티면서 펜리르의 입안을 세게 쳤다. 쾅, 쾅, 쾅. 티르의 주먹에 펜리르의 입천장이 부서지며 피가 뿜어 나왔다. 그러나 티르 역시 펜리르의 이빨에 치명상을 입었으니, 둘은 그렇게 뒤엉킨 채 함께 쓰러져 죽었다.

오딘은 쓰러진 채로 그 모습을 보고, 전장 곳곳에서 신과 거인들이 뒤엉켜 죽고 죽이는 모습을 다 보았다. 이윽고 현명한 헤임달에게 붙들려 한참을 싸웠던 로키가 피투성이가 되어 오딘을 향해 걸어왔다. 오딘의 입에서 힘없는 목소리가 흘러나왔다.

"내 목숨을 끊으러 왔나?"

"어차피 곧 죽을 텐데 내가 뭐 하러?"

로키는 킬킬 웃다가 기침을 하며 피를 토하더니, 쓰러진 오딘 옆에 털썩 주저앉았다. 이제 보니 로키도 여기저기 부상을 입어 피를 흘리고 있었다. 이마에는 뱀의 독액에 맞아 타들어 간 자국이 아직도 선명했다.

"그 눈으로 잘 보이나? 안 보이는 부분이 있으면 내가 설명해 줄까? 저기 프레이야가 날뛰고 있군. 역시 무서워. 그래도 프레이야는 무섭게 싸울 때가 제일 매력적이란 말이지."

로키는 마치 사이좋은 친구를 대하듯 오딘에게 말했다. 오딘이 신음하며 대꾸했다.

"왜 이러는 거냐? 나를 미워하는 줄 알았는데."

"당연히 미워하지. 그러니 네놈이 그렇게 바득바득 막으려던 전쟁이 어떻게 돌아가는지 이렇게 자상하게 설명해 주는 거 아니겠어? 최대한 늦게 죽어. 최대한 늦게까지 살아서 이 꼴을 보라고."

오딘은 할 말을 잃었다. 로키는 오딘과 마찬가지로 이 전쟁에 승자가 없다는 사실을 알고 있을 게 분명했건만, 여전히 쾌활하기만 했다.

"너도…… 주어진 역할을…… 다했다는 것이냐. 너는…… 운명을…… 싫어하는 줄 알았는데."

오딘이 서서히 꺼져 가는 생명력을 쏟아 띄엄띄엄 말했다. 그러나 로키의 대답은 들을 수 없었다.

궁니르 창이 떨어진 진영은 패한다지만, 양쪽 진영 모두 살아남은 자가 없는 전쟁이었다. 수르트의 불이 이그드라실을 태우고, 그 꺼지지 않을 듯한 불빛이 처참한 전장을 밤낮으로 밝혔다. 그 빛에 보이는 것이라곤 시체뿐이었다. 니드호그 용마저도 무수한 시체를 먹다가 그 무게를 버티지 못하여 땅으로 추락하고 말았다. 헬에서 온 죽은 자들의 망령도 마침내 영원한 끝을 맞이하여 하나둘씩 연기로 스러졌다. 이그드라실마저 다 타고 나니, 모든 것이 어둠에 잠겼다.

오딘은 눈을 떴다. 이 모든 광경을 보고 나서도 오딘의 얼굴은 바위처럼 단단했으나, 외눈에서 흐르는 한 줄기 눈물마저 막을 수는 없었다. 그는 깊은 한숨을 쉬며 중얼거렸다.

"시작한 것에는 반드시 끝이 있으니."

오딘이 아무리 발버둥을 쳐도 막지 못하리라. 모든 것이 예언대로 이루어질 것이며, 오딘이 본 대로 흘러갈 것이었다.

오랜 후, 모든 것이 어둠에 잠기고 아주 오랜 시간이 지난 후에 다시 새로운 세상이 시작될 테지만, 그곳에 오딘은 없으리니. 죄 많은 이들은 아무도 없으리니. 그곳에는 발드르가 있을 것이며, 발리가 있을 것이다. 본래 복수자 발리는 오딘이 선을 넘어서 만들어 낸 자식이었으니, 형제 살해의 죄는 발리가 아니라 오딘에게 있었다. 그때는 발리가 죽고 오딘이 살았으나, 이후에는 오딘이 사라지고 발리가 되살아날 터였다.

그러나 아직은 아니었다. 아주 오래전에 벌어진 일이며, 동시에 아직 일어나지 않은 일이다. 너무 많이 안다는 것은 과연 저주이니, 이는 오딘이 직접 한 말이라. 오딘은 미미르의 마지막 질문에 홀로 답했다.

"운명이 정해져 있다 한들 어찌하겠는가. 그날이 올 때까지 할 수 있는 일은 다 하는 수밖에."

신들의 세대교체

모든 신화는 신들의 세대교체를 다룬다. 그리스 신화의 경우는 좀 더 분명하다. 우라노스가 크로노스에게, 크로노스가 제우스에게 바통을 넘긴다. 그리하여 크로노스를 중심으로 한 티탄 시대에서 제우스를 중심으로 한 올림포스 신들의 시대로 넘어갔다.

북유럽 신화의 경우, 프레이야와 프레이르로 대표되는 반 신족이 아스 신족에게 통합되었다고 보는 시각이 강하다. 이들의 막강한 힘이 애매하게 표현되는 이유도 그래서라고 한다. 라그나뢰크 이후 오랜 시간이 흘러 다시 초록색 세상이 왔을 때, 그 세상에 다시 돌아오는 신은 발드르와 발리 및 몇몇 젊은 신들이다. 이는 명백히 세대교체를 말한다. 세상이 완전히 사라지는 것이 아니라 파괴된 이후 새로 태어난다고 여겼던 것이다.

용어 설명

갈라르 피알라르와 함께 크바시르를 죽여 그의 피로 시인의 꿀 술을 만든 드워프.

게르드 프레이르가 첫눈에 반한 아름다운 거인족 여인. 거인 기미르의 딸.

게이로드(1) 토르를 죽이려고 한 거인.

게이로드(2) 고트족의 왕인 흐라우둥의 둘째 아들. 오딘의 총애를 받았으나 나중에 오
딘인지 몰라보고 고문하다 죽임을 당한다.

군로드 거인 수퉁의 딸로, 아버지의 명에 따라 시인의 꿀 술을 지키고 있다. 오딘이 변
신한 거인 청년 볼베르크에게 속아 꿀 술을 뺏긴다.

굴린부르스티 드워프 신드리가 만들어 프레이르에게 준 황금 돼지.

굴팍시 거인 흐룽니르의 말이었으나 토르가 그와의 결투에서 이긴 후 아들 마그니에
게 주었다.

궁니르 오딘의 창. 표적을 절대 빗맞히는 일 없이 꽂히는 창.

그리드 토르가 거인 게이로드로부터 자신을 지킬 수 있도록 쇠장갑과 허리띠와 지팡이
를 빌려준 여자 거인.

그림니르 오딘의 가짜 이름.

글레이프니르 신들이 늑대 펜리르를 묶을 때 사용한 마법의 끈. 드워프들이 만들었다.

긴눙가가프 세상이 생기기 전, 아무것도 없던 텅 빈 공간.

길링 드워프 갈라르와 피알라르를 방문했다가 그들의 실수로 바다에 빠져 죽은 거인.

난나 발드르의 아내이자 식물의 여신.

뇨르드 바다의 신. 프레이르와 프레이야의 아버지. 원래는 반 신족이었으나 평화 협정
이후 아스가르드에 와서 산다.

니다벨리르 죽은 자들의 세계. 로키의 괴물 딸인 헬이 와서 죽은 자들을 다스리면서
그곳은 헬, 또는 헬헤임이라고도 불린다.

니드호그 이그드라실의 뿌리를 갉아 먹고 사는 용.

니플헤임 북쪽에 있는, 얼음과 안개의 세계.

드라우프니르 아흐레마다 똑같은 황금 반지를 여덟 개씩 만드는 신비한 반지.

라그나뢰크 신들의 황혼 또는 신들의 운명이라 불리는 신화 속 마지막 전쟁이다. 북유
럽 신화에서 신들과 인간 세계의 종말을 나타내는 말이다.

로기 우트가르드에서 로키와 빨리 먹기 시합을 펼쳐 이긴 거인. 사실은 들불이다.

로키 오딘의 의형제. 모습을 자유자재로 변신할 수 있고, 거짓말과 장난에 능하다.

마그니 토르의 아들. 토르가 쓰러진 거인 흐룽니르의 발에 목이 밟혀 움직일 수 없을
때 그 발을 치운다.

묠니르 드워프 신드리가 만든 토르의 망치. 목표물을 맞히고 나서 반드시 돌아온다.

무스펠헤임 남쪽에 있는 불의 세계.

미드가르드 인간들이 사는 세계. 중간계.

미미르 지혜의 샘인 미미르의 샘을 지키는 파수꾼. 나중에는 머리만 남는다.

바나헤임 반 신족이 사는 세계.

바우기 거인 수퉁의 동생. 오딘에게 속아 시인의 꿀 술이 숨겨져 있는 곳을 알려 준다.

바프트루드니르 그림니르라는 가명을 댄 오딘과 지혜 대결을 벌인 거인.

반(바니르) 아스 신족과는 다른 북유럽 신화 속 신족.

발드르(발데르) 오딘과 프리그 사이에서 태어난 아들. 빛의 신.

발라 여자 예언자. 보통 오래전에 죽은 존재이다.

발리 오딘과 린드 사이에서 태어난 아들. 발드르를 죽게 만든 호드르를 죽인다.

발키리 전장에서 용감하게 싸우다 죽은 전사들을 골라 발할라로 데려오는 여신들.

발할라 오딘의 궁전. 전쟁터에서 용감하게 싸우다 죽은 전사들이 연회를 여는 곳.

벡탐 오딘의 가짜 이름. 죽은 여자 예언자 발라를 찾아갔을 때 댄 이름.

부리 태초의 소 아우둠라가 사흘 동안 핥은 얼음이 녹아서 태어난 신들의 조상.

브라기 시인의 꿀 술을 관리하는 시의 신. 황금 사과를 지키는 이둔 여신의 남편.

브리싱가멘(브리싱즈) 네 명의 드워프들이 만든, 프레이야 여신의 목걸이.

비그리드 라그나뢰크 때 대전투가 벌어지는 들판.

비프로스트 아스가르드와 미드가르드를 잇는 무지개다리.

수르트 불의 칼을 휘두르는 불의 거인.

수퉁 거인 길링의 아들. 자기 부모님을 죽인 드워프들에게서 금은보화와 시인의 꿀 술을 받아 낸다.

스바딜파리 아스가르드의 성벽을 쌓은 건축가 거인의 말. 로키가 암말로 변신해서 유혹하고 둘 사이에서 슬레이프니르가 태어난다.

스바르트알프헤임 드워프들이 사는 세계.

스카디 거인 티아시의 딸로 나중에 뇨르드의 아내가 된다.

스크리미르 토르 일행이 만난 거인으로, 속임수와 환각으로 토르를 속인다.

스크림슬리 농부와 내기를 해서 이긴 거인. 농부의 아들을 데려가려 하지만 로키가 꾀를 써서 죽인다.

스키드블라드니르 드워프가 만들어 프레이르에게 준 마법의 배. 천처럼 접어서 가방에 넣을 수 있는 배인데, 다 펼치면 아스 신들과 말, 무기를 모두 실을 수 있을 정도 커진다.

스키르니르 프레이르의 시종. 프레이르 대신 거인 게르드에게 구애를 하고, 프레이르의 마법 칼을 가져간다.

슬레이프니르 다리가 여덟 개 달린 가장 빠른 오딘의 말. 로키와 스바딜파리의 자식.

시긴 로키의 충실한 아내로, 로키가 신들에게 벌을 받을 때 그 옆을 지킨다.

시프 토르의 아내이자 금발이 아름다운 여신.

아그나르 고트족 왕인 흐라우둥의 큰아들. 동생인 게이로드에게 왕위를 빼앗긴다.

아스가르드 아스 신들이 사는 세계.

아우둠라 태초의 암소. 아우둠라가 핥아 먹던 소금기 어린 돌에서 최초의 신인 부리가
태어났다.

알프헤임 엘프가 사는 세계.

앙그르보다 로키의 아내인 거인으로, 괴물 자녀 펜리르, 요르문간드, 헬을 낳았다.

에인헤랴르 전쟁에서 용감하게 싸우다가 죽은 전사들. 발할라에서 연회와 전투를 벌
인다.

오드(오두르) 프레이야의 남편.

오딘 신들의 아버지인 최고신. 지혜를 얻기 위해 한쪽 눈을 내놨기 때문에 외눈이다.

요르문간드 로키의 괴물 자녀. 바닷속에서 세상을 한 바퀴 감고도 제 꼬리를 물 만큼
크다. 미드가르드의 뱀이라고도 불린다.

요툰헤임 거인들이 사는 세계.

우르드의 샘 이그드라실의 뿌리가 닿은 샘으로, 아스가르드와 연결되어 있다. 운명의
세 여신이 있는 운명의 샘이다.

우트가르드 로키 우트가르드에 사는 거인으로, 속임수와 환각으로 토르를 속임.

이그드라실 세상의 중심에 있는 생명나무.

이둔 신들이 젊음을 유지하기 위해서 먹는 황금 사과를 지키는 여신. 시의 신 브라기의
아내.

이미르 태초의 거인. 태초의 암소 아우둠라의 젖을 먹고 살았다. 오딘과 그 형제들이
이미르를 죽여 세상을 빚어냈다.

크바시르 아스 신족과 반 신족의 침이 섞여 생겨난 존재. 이후 드워프들에게 살해되는
데, 그 드워프들은 크바시르의 피로 시인의 꿀 술을 만든다.

토르   천둥과 번개의 신. 붉은 턱수염을 기른 오딘의 아들.

트림   토르의 망치, 묠니르를 훔치고 프레이야를 신부로 데려오라고 요구한 거인.

티르   늑대 펜리르에게 한쪽 팔을 잃는 용감한 신.

티아시(샤치)   독수리로 변신해 이둔과 황금 사과를 납치한 거인. 스카디의 아버지.

티알피   토르가 여행 중 얻은 하인. 발이 빠르나, 우트가르드에서 후기라는 거인과의 달
리기 경주에서 진다.

펜리르   로키의 늑대 아들.

프레이르   바다의 신 뇨르드의 아들. 프레이야와 쌍둥이이며, 평화와 풍요, 날씨를 다스
리는 남신이다.

프레이야   사랑과 미의 여신이며 전쟁의 여신. 브리싱가멘이라는 황금 목걸이와 매로
변신하는 망토를 가지고 있다.

프리그   오딘의 아내이며, 신들의 여왕.

피알라르   갈라르와 함께 크바시르를 살해한 드워프.

헤임달   신들의 파수꾼.

헬   로키의 딸. 죽은 자들을 다스리는 죽음의 여신. 또는 헬이 다스리는 세계.

호드르   오딘과 프리그의 아들로 발드르의 쌍둥이 형제. 로키의 꾐에 빠져 겨우살이 화
살로 발드르를 죽이고 마는 장님 신.

회니르   오딘과 함께 최초의 인간을 만들고, 그들에게 이성을 선물했다.

후기   우트가르드에서 티알피와 달리기 경주를 한 거인이나 사실은 우트가르드 로키의
생각이다.

흐룽니르   토르와 겨루다 죽은 거인.

흘리드스칼프   오딘의 왕좌. 여기에 앉으면 세상을 다 볼 수 있다.

아르볼 N 클래식

NORSE MYTHOLOGY

북유럽 신화

신들의 모험, 사랑 그리고 전쟁

1판 1쇄 인쇄 2019년 10월 30일 | **1판 1쇄 발행** 2019년 11월 15일

글 이수현 | **그림** 정인
펴낸이 권준구 | **펴낸곳** (주)지학사
본부장 황홍규 | **편집장** 박미영 | **팀장** 김은영 | **편집** 문지연 김솔지
디자인 이혜리 | **제작** 김현정 이진형 강석준 | **마케팅** 송성만 손정빈 윤술옥 이승혜
등록 2010년 1월 29일(제313-2010-24호) | **주소** 서울시 마포구 신촌로6길 5
전화 02.330.5297 | **팩스** 02.3141.4488 | **이메일** arbolbooks@naver.com
ISBN 979-11-6204-069-0   43840
잘못된 책은 구입하신 곳에서 바꿔 드립니다.

이 도서의 국립중앙도서관 출판예정도서목록(CIP)은 서지정보유통지원시스템 홈페이지(http://seoji.nl.go.kr)와
국가자료종합목록 구축시스템(http://kolis-net.nl.go.kr)에서 이용하실 수 있습니다.(CIP제어번호 : CIP2019042989)

제조국 대한민국   **사용연령** 10세 이상
KC마크는 이 제품이 공통안전기준에 적합하였음을 의미합니다.

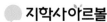 지학사아르볼
아르볼은 '나무'를 뜻하는 스페인어. 어린이들의 마음에
담긴 씨앗을 알찬 열매로 맺게 하는 나무가 되겠습니다.

홈페이지 www.jihak.co.kr/arb/book | **포스트** post.naver.com/arbolbooks